李煜 李清照 著

李煜李清照詞注

陳錦榮 編注

招祥麒 導讀

責任編輯	張軒誦
書籍設計	任媛媛

書　　名	李煜李清照詞注
著　　者	李　煜　李清照
編　　注	陳錦榮
導　　讀	招祥麒
出　　版	三聯書店(香港)有限公司
	香港北角英皇道 499 號北角工業大廈 20 樓
	Joint Publishing (H.K.) Co., Ltd.
	20/F., North Point Industrial Building,
	499 King's Road, North Point, Hong Kong
香港發行	香港聯合書刊物流有限公司
	香港新界荃灣德士古道 220-248 號 16 樓
印　　刷	美雅印刷製本有限公司
	香港九龍觀塘榮業街 6 號 4 樓 A 室
版　　次	1998 年 6 月香港第一版第一次印刷
	2020 年 3 月香港第二版第一次印刷
	2022 年 6 月香港第二版第二次印刷
規　　格	特 32 開(105 mm × 165 mm)208 面
國際書號	ISBN 978-962-04-4619-1

© 1998, 2020 Joint Publishing (H.K.) Co., Ltd.

Published & Printed in Hong Kong

再版說明

 　　"三聯文庫" 自一九九八年出版，遴選中外文學代表作，包羅古今文類。文庫前後收錄小說、詩詞、散文、戲劇、翻譯作品等八十二種，為讀者提供豐盛的文學滋養，有利於讀者輕鬆閱讀、欣賞經典。

 　　本文庫初版時值本店成立五十週年，如今本店已逾從心之年，故將重版本文庫以作紀念。為滿足大眾讀者需求，是次再版仍以價廉物美為原則，設計則凸顯書本手感與閱讀內文的舒適度，更特邀資深中文科老師、作家撰寫導讀，引導讀者品賞名作。

 　　為保全作品原貌，編輯不對原書內文作明顯改動，只修訂部分文字、標點、注釋資料等錯處，以示尊重。雖經細緻校正，惟編輯水平所限，錯漏難免，懇請讀者指正。

三聯書店（香港）有限公司
出版部
二〇二〇年一月

目錄

導讀 ∕ 招祥麒

前言

李煜詞（三十五首）

浣溪沙（紅日已高三丈透）   002

一斛珠（曉妝初過）   004

玉樓春（晚妝初了明肌雪）   006

菩薩蠻（花明月黯籠輕霧）   008

菩薩蠻（蓬萊院閉天臺女）   010

菩薩蠻（銅簧韻脆鏘寒竹）   012

喜遷鶯（曉月墜）   013

采桑子（庭前春逐紅英盡）   015

長相思（雲一緺）   016

楊柳枝（風情漸老見春羞）   017

漁父（浪花有意千重雪）   018

漁父（一棹春風一葉舟）   019

搗練子令（深院靜）   020

謝新恩（櫻花落盡階前月）   022

謝新恩 （冉冉秋光留不住）　　　　023

謝新恩 （秦樓不見吹簫女）　　　　025

阮郎歸 （東風吹水日銜山）　　　　027

清平樂 （別來春半）　　　　　　　029

采桑子 （轆轤金井梧桐晚）　　　　030

虞美人 （風回小院庭蕪綠）　　　　032

烏夜啼 （昨夜風兼雨）　　　　　　034

破陣子 （四十年來家國）　　　　　035

臨江仙 （櫻桃落盡春歸去）　　　　038

望江梅 （閒夢遠）　　　　　　　　041

望江南 （多少恨）　　　　　　　　043

烏夜啼 （林花謝了春紅）　　　　　045

子夜歌 （人生愁恨何能免）　　　　046

浪淘沙 （往事只堪哀）　　　　　　047

虞美人 （春花秋葉何時了）　　　　049

浪淘沙令 （簾外雨潺潺）　　　　　051

長相思 （一重山）　　　　　　　　053

後庭花破子 （玉樹後庭前）　　　　054

搗練子令 （雲鬢亂）　　　　　　　056

浣溪沙 （轉燭飄蓬一夢歸）　　　　057

三臺令 （不寐倦長更）　　　　　　058

烏夜啼 （無言獨上西樓）　　　　　059

附：缺字之作

了夜歌（尋春須是先春早） 061

謝新恩（金窗力困起還慵） 061

謝新恩（庭空客散人歸後） 062

謝新恩（櫻花落盡春將困） 062

李清照詞（四十二首）

南歌子（天上星河轉） 064

漁家傲（天接雲濤連曉霧） 066

如夢令（常記溪亭日暮） 068

如夢令（昨夜雨疏風驟） 070

多麗（小樓寒） 072

菩薩蠻（風柔日薄春猶早） 076

菩薩蠻（歸鴻聲斷殘雲碧） 078

浣溪沙（莫許盃深琥珀濃） 080

浣溪沙（小院閒窗春色深） 082

浣溪沙（淡蕩春光寒食天） 084

鳳凰臺上憶吹簫（香冷金猊） 086

一剪梅（紅藕香殘玉簟秋） 089

蝶戀花（淚濕羅衣脂粉滿） 091

蝶戀花（暖雨晴風初破凍） 093

鷓鴣天（寒日蕭蕭上鎖窗） 095

小重山（春到長門春草青）　　　　097

怨王孫（湖上風來波浩渺）　　　　099

臨江仙（庭院深深深幾許）　　　　101

醉花陰（薄霧濃雲愁永晝）　　　　103

好事近（風定落花深）　　　　　　105

訴衷情（夜來沉醉卸妝遲）　　　　107

行香子（草際鳴蛩）　　　　　　　109

孤雁兒（藤牀紙帳朝眠起）　　　　111

滿庭芳（小閣藏春）　　　　　　　113

玉樓春（紅酥肯放瓊苞碎）　　　　115

漁家傲（雪裏已知春信至）　　　　117

清平樂（年年雪裏）　　　　　　　119

鷓鴣天（暗淡輕黃體性柔）　　　　121

添字采桑子（窗前誰種芭蕉樹）　　123

憶秦娥（臨高閣）　　　　　　　　125

念奴嬌（蕭條庭院）　　　　　　　126

永遇樂（落日鎔金）　　　　　　　129

長壽樂（微寒應候）　　　　　　　132

蝶戀花（永夜懨懨歡意少）　　　　135

武陵春（風住塵香花已盡）　　　　137

聲聲慢（尋尋覓覓）　　　　　　　139

點絳脣（寂寞深閨）　　　　　　　142

減字木蘭花 (賣花擔上) 143

攤破浣溪沙 (揉破黃金萬點輕) 144

攤破浣溪沙 (病起蕭蕭兩鬢華) 146

瑞鷓鴣 (風韻雍容未甚都) 148

慶清朝慢 (禁幄低張) 150

附：缺字及失調名之作

轉調滿庭芳 (芳草池塘) 152

失調名 (條脫閒揎繫五絲) 153

失調名 (瑞腦煙殘) 153

附：存疑之作

怨王孫 (夢斷漏悄) 154

怨王孫 (帝里春晚) 154

生查子 (年年玉鏡臺) 155

醜奴兒 (晚來一陣風兼雨) 155

點絳脣 (蹴罷秋千) 156

浪淘沙 (簾外五更風) 156

臨江仙 (庭院深深深幾許) 157

嬾人嬌 (玉瘦香濃) 157

青玉案 (征鞍不見邯鄲路) 158

浣溪沙 (髻子傷春慵更梳) 158

浣溪沙（繡面芙蓉一笑開）　　　159

浪淘沙（素約小腰身）　　　159

鷓鴣天（枝上流鶯和淚聞）　　　160

青玉案（一年春事都來幾）　　　160

失調名（教我甚情懷）　　　161

導讀

招祥麒

　　本集收錄李煜和李清照兩家現存的詞作。清代沈謙首先將二人並稱，說："男中李後主，女中李易安，極是當行本色。"（徐釚《詞苑叢談》引）李煜，有"詞聖"之譽，為南唐的末代君主，宋太祖開寶八年（975），城破被俘，被押赴汴京，後人多以"李後主"稱之；李清照，屬曠代才女，號易安居士，處於北宋、南宋之間，金兵入據中原，亡家流寓南方，鬱鬱終老。一以亡國，一以破家，前者"疏於治國，在詞中猶不失南面王"（沈謙語），後者才力華贍，有宋一代，以婦人言，"當推文采第一"（王灼語）。

　　李煜傳世的四十餘首詞，有濃艷歡樂的，有超脫遁世的，有怨慕愁惋的，有哀悽沉痛的，各有風格品貌。一般都以南唐亡國為分水嶺而將李煜詞分為前期和後期：前期包括即位前和即位後，後期包括初亡國和困於汴京時。但由於寫作時沒有繫年，很多首實在無法判定屬前期抑或後期作品，導致分期的客觀意義上出現困惑。葉嘉瑩在《靈谿詞說》指出："李煜之所以為李煜與李煜詞之所以為李煜詞，在基本上卻原有一點不變之特色，此即為其敢於以全心傾注的一份純真深摯之感情。在亡國破家之前，李氏所寫的歌舞宴樂之詞，固然為其純真深摯感情的一種全心的傾注；在亡國破家之後，李氏所寫的痛悼哀傷之詞，也同樣為其純真深摯之感情的一種全心的傾注。"因此，讀者閱讀李煜的詞，若從作品的分期歸類，固然可以有助理解和賞析，但最關鍵的，還在於體會詞人那種"純真深摯之感情"的赤子之心。王國維《人間詞話》說李煜的詞眼界大，感慨深，有篇有句，神秀也。讀者從這個角度切入，至能體悟李煜詞的神髓。

按照本集李煜詞排列的先後，試看以下詞句：

1. "繡牀斜憑嬌無那，爛嚼紅茸，笑向檀郎唾。"（《一斛珠》）

2. "笙簫吹斷水雲間，重按霓裳歌徧徹……歸時休放燭光紅，待踏馬蹄清夜月。"（《玉樓春》）

3. "花明月黯籠輕霧，今宵好向郎邊去！"

（《菩薩蠻》）

4.「銅簧韻脆鏘寒竹，新聲慢奏移纖玉。」（《菩薩蠻》）

5.「啼鶯散，餘花亂，寂寞畫堂深院。」（《喜遷鶯》）

6.「綠窗冷靜芳音斷，香印成灰。」（《采桑子》）

7.「雲一緺，玉一梭，澹澹衫兒薄薄羅，輕顰雙黛螺。」（《長相思》）

8.「花滿渚，酒滿甌，萬頃波中得自由。」（《漁父》）

9.「茱萸香墜，紫菊氣，飄庭户，晚煙籠細雨。」（《謝新恩》）

10.「落花狼藉酒闌珊，笙歌醉夢間。」（《阮郎歸》）

11.「離恨恰如春草，更行更遠還生。」（《清平樂》）

12.「燭明香暗畫樓深，滿鬢清霜殘雪思難任。」（《虞美人》）

13.「醉鄉路穩宜頻到，此外不堪行。」（《烏夜啼》）

14.「最是倉皇辭廟日，教坊猶奏別離歌，垂

淚對宮娥！"（《破陣子》）

15. "千里江山寒色遠，蘆花深處泊孤舟。笛在月明樓。"（《望江梅》）

16. "臙脂淚，留人醉，幾時重？自是人生長恨水長東！"（《烏夜啼》）

17. "往事已成空，還如一夢中。"（《子夜歌》）

18. "往事只堪哀！對景難排……想得玉樓瑤殿影，空照秦淮。"（《浪淘沙》）

19. "問君能有許多愁，恰似一江春水向東流！"《虞美人》）

20. "獨自莫憑闌！無限關山，別時容易見時難。流水落花春去也，天上人間！"（《浪淘沙》）

21. "轉燭飄蓬一夢歸，欲尋陳跡悵人非，天教心願與身違。"（《浣溪沙》）

以上詞句，甚至可說是千秋傳誦的名句，多以不尚雕飾，明麗如畫的白描手法寫成，不論是敘述事實、描寫景物、刻劃情態，都能曲盡其妙；特別在抒情方面，或事中有情，或景中有情，當情到深處，情景融合而昇華入於理境，由個人的感慨，而表出人世的相同感慨，於是其情其理，已非李煜個人自己，而由他個人自己，擔荷著千秋萬世人類之苦。這正是王國維所指的"儼有釋迦　基督擔荷人類罪惡之意"，讀者多加體會，當自己偶有失意而生出愁怨不快的情緒時，吟詠一下李煜的詞，相對他的愁怨，自然獲得稍寬稍解的療效。

李清照與李煜生活在不同的時代和不同的背景，但經歷上都有著亡國破家的相似之處。李清照傳世的近五十首詞，在詞境創造上的高度藝術概括性、塑造鮮明生動的藝術形象與獨特的抒情手法等，無論在繼承與借鑒方面，都顯然受到李煜的影響。舉如《浪淘沙》："簾外五更風，吹夢無蹤。畫樓重上與誰同？記得玉釵斜撥火，寶篆成空。　回首紫金峯，雨潤煙濃。一江春浪醉醒中。留得羅襟前日淚，彈與征鴻。"便明顯胎息自李煜《浪淘沙》："簾外雨潺潺，春意闌珊，羅衾不耐五更寒。夢裏不知身是客，一餉貪歡。"讀者稍加比對，自可得之。

按照本集李清照詞排列的先後，試看下引詞句：

1. "翠貼蓮蓬小，金銷藕葉稀。舊時天氣舊時衣，只有情懷，不似舊家時！"（《南歌子》）

2. "天接雲濤連曉霧，星河欲轉千帆舞……

九萬里風鵬正舉，風休住，蓬舟吹取三山去。"
(《漁家傲》)

3. "爭渡、爭渡，驚起一灘鷗鷺。"(《如夢
令》)

4. "試問捲簾人，卻道海棠依舊。知否、知
否，應是綠肥紅瘦。"(《如夢令》)

5. "朗月清風，濃煙暗雨，天教憔悴度芳姿。"
(《多麗》)

6. "故鄉何處是？忘了除非醉。"(《菩薩蠻》)

7. "瑞腦香消魂夢斷，辟寒金小髻鬟鬆，醒
時空對燭花紅。"(《浣溪沙》)

8. "遠岫出雲催薄暮，細風吹雨弄輕陰，梨
花欲謝恐難禁。"(《浣溪沙》)

9. "惟有樓前流水，應念我、終日凝眸。凝
眸處，從今又添，一段新愁。"(《鳳凰臺上憶吹
簫》)

10. "花自飄零水自流，一種相思，兩處閒
愁。此情無計可消除，纔下眉頭，卻上心頭。"
(《一剪梅》)

11. "獨抱濃愁無好夢，夜闌猶剪燈花弄。"
(《蝶戀花》)

12. "莫道不銷魂，簾捲西風，人比黃花瘦。"

（《醉花陰》）

13.「魂夢不堪幽怨，更   聲啼鴂。」（《好事近》）

14.「甚霎兒晴，霎兒雨，霎兒風。」（《行香子》）

15.「吹簫人去玉樓空，腸斷與誰同倚。一枝折得，人間天上，沒個人堪寄。」（《孤雁兒》）

16.「要來小酌便來休，未必明朝風不起。」（《玉樓春》）

17.「今年海角天涯，蕭蕭兩鬢生華。」（《清平樂》）

18.「寵柳嬌花寒食近，種種惱人天氣……被冷香消新夢覺，不許愁人不起。」（《念奴嬌》）

19.「元宵佳節，融和天氣，次第豈無風雨……不如向、簾兒底下，聽人笑語。」（《永遇樂》）

20.「空夢長安，認取長安道……醉莫插花花莫笑，可憐春似人將老。」（《蝶戀花》）

21.「物是人非事事休，欲語淚先流。聞說雙溪春尚好，也擬泛輕舟。只恐雙溪舴艋舟，載不動，許多愁。」（《武陵春》）

22.「守著窗兒，獨自怎生得黑……這次第，

怎一箇、愁字了得！"（《聲聲慢》）

　　李清照善於選取日常生活所遇之物和場景片段，抒寫情懷。以上詞句，皆運筆精煉，不避口語而能清新典麗，意境優美，無論是寫景、詠物，都能曲盡其貌，取得高度概括、形象鮮明的藝術效果，使人如在目前；詞人抒情，委婉真摯感人，有直率奔放，而更多是以物托情，以物喻情，寫來含蓄蘊藉，令人品味、回味。

　　而最為人樂道的，是《聲聲慢》開首連下十四疊字："尋尋覓覓，冷冷清清，悽悽慘慘戚戚。"論意，則層層遞進，越鑽越深；論聲，則如珠走玉盤，錚琮錯落。所以能叫絕千古。

　　總而言之，讀兩家詞，宜細酌，宜體味。先從高聲朗讀，或低聲吟詠開始，整體感受作品的神理氣味，再逐步求其格律聲色。兩家的作品不多，每讀一遍，當集中一意求之；數遍以後，自能心領神會，終生受用不窮。

前言

　　詞，興起於唐代。它原是配合燕樂——西域音樂的曲辭，稱曲子詞。隨着燕樂的廣泛流行，這種原來盛行於民間的曲子詞為越來越多的文人墨客所重視，以至揮筆模仿製作。大詩人李白、白居易等也曾詞壇涉足。詞因之而逐漸成為一種新的獨立的文學形式。

　　到了唐末，社會動亂，演變成“五代十國”的分裂局面。北中國刀兵頻擾，可謂斯文盡息。相對來說，在南方割據的一些國家戰事較少，特別是西蜀、南唐兩國，局勢比較穩定，遂成為當時的經濟文化中心。詞也隨着上層社會歌舞宴樂的需要、文人作者日眾而繁榮發展起來，形成了不同風格的兩大詞壇。西蜀與晚唐、五代的詞備見於《花間集》；南唐的詞，除了馮延巳的《陽春集》外，流傳後世的還有《南唐二主詞》。南唐後主李煜，便是這一時期的傑出代表。

　　宋朝的建立，結束了晚唐以來戰亂相尋的局面，在較長的一段時期內保持了社會的穩定。飽經戰亂的民眾得以休養生息。隨着這種表面的承平，社會上逸樂風氣甚盛，歌樓酒館遍佈巷陌，於是又進一步刺激和推動了詞的創作。這一時期，詞人們各顯才華，競相製作創新，以各種不同的風格使詞壇異彩紛呈，光焰奪目。宋詞也因之成為一代文學的代表，與唐詩並駕齊驅，被後世目為屹立於中國文學史上的兩座高峯。而在那羣星燦爛、佳作如林的年代，女詞人李清照，則以她那超卓的藝術才華，成為詞壇中的佼佼者。

這本集子，打算向讀者集中介紹這兩位姓李的詞人的作品。

李煜，生於 937 年，字重光。他的別號很多，有鐘隱、白蓮居士、蓮峯居士等，是南唐中主李璟的第六子。961 年，由於幾個哥哥都早卒，他繼承父業做了南唐國君。李煜風儀俊美，喜愛文學藝術，文章、詩詞樣樣通曉。據傳，他著有文集三十卷、雜說百篇（見徐鉉所撰李煜墓誌銘），現可考的有《大周后誄》、《卻登高文》等。所作的詩也散見於《全唐詩》中，均有很深造詣。而最為後世推崇的，則是他的詞。此外，李煜還知音律、工書、善畫、精賞鑒，稱得上是一個具有多方面才華的文學藝術家。但是，作為一個擁有三十五州、在當時號為大國的南唐國君，他卻是一個懦弱無能的角色。在他即位的初期，面對着北方日益強大的宋王朝，已經只能靠着年年納貢、在稱號方面自動降格求得苟安一隅。但這種委曲求全的日子並沒有能長久維持下去。975年，也就是在他當國十四年之後，雄心勃勃的宋太祖派大軍直搗南唐京城金陵，李後主雖曾倉卒應戰，又向契丹求助，但都無補於亡國的厄運。結果，孤城陷落，李煜肉袒出降，被俘入宋，受封為違命侯。從此過着被幽禁的囚徒似的生活。978年，據傳因他所作的《虞美人》等詞，流露了故國之思，招致宋太宗的忌恨。於當年七夕之夜，也就是在李煜剛剛四十二歲生日的時候，派人用牽機藥把他毒死。

李煜短短的一生，經歷了兩種截然不同的生活——從一個小皇帝驟然變為一個俘虜。特殊的地位與異乎尋常的巨大變化，決定了他的詞不同時期不同的思想內容。

李煜的童年及早期，"生於深宮之中，長於婦人之手"，天性懦弱。即位以後，以忍受宋王朝的種種苛求而獲得暫時的安定。他以帝王之尊把宮中的一樑一棟、一草一木佈置得極為繁華綺麗，縱情於笙歌宴樂之中。據史書所載，他的宮殿從不點蠟燭，懸掛大寶珠以照明。樑棟、窗壁、柱栱、階砌均密插各種花卉……可謂盡態極妍，正如他在詞中描述的那樣：「鳳閣龍樓連霄漢，玉樹瓊枝作煙蘿。」因此，宮中宴樂、艷情生活成為李煜早期詞作的主要內容。如《玉樓春》：

晚妝初了明肌雪，春殿嬪娥魚貫列。笙簫吹斷水雲間，重按霓裳歌徧徹。　臨春誰更飄香屑？醉拍闌干情味切。歸時休放燭光紅，待踏馬蹄清夜月。

這首詞以白描的筆調，展現了一幅宏闊香艷的宮中行樂圖——那許許多多美麗的宮女排列着，笙簫響入雲中，歌舞聲容不歇……又如《浣溪沙》：

紅日已高三丈透，金爐次第添香獸，紅錦地衣隨步皺。　佳人舞點金釵溜，酒惡時拈花蕊嗅。別殿遙聞簫鼓奏。

這首詞又從另一角度描寫了恣情宴樂的綺靡

生活。再看他的《菩薩蠻》：

花明月黯籠輕霧，今宵好向郎邊去！剗襪步香階，手提金縷鞋。　畫堂南畔見，一向偎人顫。奴為出來難，教君恣意憐。

這首詞傳說是記敘與小周后幽會的風流韻事，充滿了柔情蜜意。李煜早期的詞是他君主生活的記錄。那時的他，生活在金堆玉砌、粉暖脂香的環境中，詞作也充滿了風情旖旎、活躍明朗的情調。

但是，笙簫宴樂掩蓋不住李煜心靈的空虛。而且，他越來越明顯地感覺到北方日漸強大的宋王朝的威脅。他的愛弟從善，奉詔入宋，一去不得歸。他上書請求放還，但毫無結果……種種似乎與日俱增的不祥之感，使他的心靈蒙上越來越濃重的暗影，縱然篤信佛教也無法解脫。因此，時序的更易、草木的枯榮往往勾起了他縷縷愁思。觸景傷情、離懷別緒成了李煜詞作的第二個內容。如《喜遷鶯》：

曉月墜，宿雲微，無語枕憑欹。夢回芳草思

依依。天遠雁聲稀。　啼鶯散，餘花亂，寂寞畫堂深院。片紅休掃儘從伊，留待舞人歸。

寫來纏綿悱惻，懷人之情，不盡如縷。又如《烏夜啼》：

昨夜風兼雨，簾幃颯颯秋聲。燭殘漏滴頻欹枕，起坐不能平。　世事漫隨流水，算來一夢浮生。醉鄉路穩宜頻到，此外不堪行。

詞中那坐臥不寧的情態、只圖一醉的厭世心理，明顯地流露了詞人那無法開解的憂思。

不過，最為後世人激賞的，還是李煜後期、也就是他亡國之後的作品。宋王朝並沒有讓他這個小皇帝苟安一隅，終於派大軍攻破南唐京城，建國四十多年的南唐覆亡了。李煜成了階下之囚，被俘北上，從此過着“日夕以淚洗面”、鬱鬱寡歡的日子。作為一國的君主，他毫無政績上的建樹，既不能保社稷、又不能撫黎民，反而成了一個亡國之君，固然應承受後世的指責。但國破家亡的驟變，非尋常人所能體會到的特殊感受，卻使他的詞的表現力達到一個難以攀登的高度，成為後人公認的最成功、最感人的作品。

　　他後期的詞，再沒有輕歌漫舞，淺笑微顰那份溫馨嫵媚，也迥異於因思憶遠人而產生的絲絲離愁、或時序更替觸發的淡淡哀傷；而是以憂憤深沉的調子、濃重的筆墨，傾吐幽禁生活的鬱抑難堪，抒發對故國的無限依戀，慨嘆愁恨的浩渺無窮。這一曲曲亡國的哀歌，時而像流泉嗚咽、時而似啼鵑悲鳴。激憤處，又如長空驚雷那樣搖撼人心。他的《破陣子》據傳是寫於國破之時：

　　四十年來家國，三千里地山河。鳳閣龍樓連霄漢，玉樹瓊枝作煙蘿。幾曾識干戈？　一旦歸為臣虜，沈腰潘鬢銷磨。最是倉皇辭廟日，教坊猶奏別離歌，垂淚對宮娥！

　　直抒胸臆，一字一淚，悽楚動人，曲盡一個亡國之君此時此地的情狀。又如《浪淘沙》：

　　往事只堪哀！對景難排。秋風庭院蘚侵階。一任珠簾閒不捲，終日誰來？　金鎖已沉埋，壯氣蒿萊！晚涼天淨月華開。想得玉樓瑤殿影，空照秦淮。

孤寂無聊，有國難歸，是他幽禁生活的寫照。再如他那首為後世傳誦的名篇《虞美人》：

　　春花秋葉何時了？往事知多少。小樓昨夜又東風，故國不堪回首月明中！　　雕闌玉砌依然在，只是朱顏改。問君能有許多愁？恰似一江春水向東流。

　　雖然，這些詞流露的只是一個亡國之君絕望的哀嘆，不能與愛國思想等同起來。但是，那濃烈的感情，那飽含的血淚，那毫無掩飾地直抒胸臆的手法，卻依然使它們成為流傳千古的絕唱。

　　正是這動人心魄的深摯感情，樸實真率的詞風，使李煜的詞自成一格，崢嶸於詞海。以下簡略地談談李煜詞的特色及藝術技巧。

　　首先值得一提的，是李煜的詞直抒胸臆，開拓了一代詞風。縱觀唐、五代的詞，因為是隨着宴樂的需要而產生，作為歌樓舞榭助興之作，與金樽檀板緊緊相連。它不像是來自民間的曲子詞，反映下層社會的風貌，題材廣泛。它描寫的對象主要是美人，抒發的是男女的戀情及因之而產生的離愁別恨。作者是以詞抒他人之情，或借他人的形象來抒自己之情。《花間詞》可說是這一時期詞的總滙。有人認為開北木一代詞風的是比李煜稍早的南唐詞人馮延巳。馮延巳是南唐中主李璟的宰相，著有《陽春集》。確實，馮延巳的詞雍容典雅，把唐、五代的詞從藝術技巧上推向了一個新的高度，但充其量只能說是唐、五代詞的一個總結。從思想內容及表現手法上，仍沒有脫離唐、五代詞的模式，正如《陽春集》序所說的，當時處於"金陵盛時，內外無事"，所以他的詞也是為"娛賓遣興"之用。只有李煜，衝出了"詞為艷科"的規範、突破了柔媚香軟的內容，大膽真率地直寫觀感、傾瀉發自內心的感情，為詞的發展開拓了一個新的境界。如上面提到的那首《破陣子》，就坦率地直寫亡國之痛，把那悽惶的場面，淌着血淚的心靈全部披露在讀者面前。又如《子夜歌》：

人生愁恨何能免？銷魂獨我情何限！故國夢重歸，覺來雙淚垂！　高樓誰與上？長記秋晴望。往事已成空，還如一夢中。

也是這樣坦然，毫無掩飾地直書心頭的悽苦

怨悵。把自己直接放進詞中，這是以前的詞尚沒有出現過的。說李煜承先啓後，毫不為過。

創造性地運用了白描手法，是李煜詞最大的成功之處。他的詞，用語不事雕飾而華彩照人；平易淺白而內涵豐富。他那流暢自然的詞筆，時而着意鋪陳，時而輕描淡寫，時而工筆點染。歡娛處，清歌妙舞、明艷活躍；幽怨處，愁思婉轉、深摯有情；憂憤處，沉鬱蒼涼、動人肺腑。能這樣駕馭自如，語淺情深，沒有很精湛的藝術素養，是不可能有這種功力的。如上文提到的《玉樓春》寫的是宮中生活，那樣宏麗的場面，用語卻是平淡無奇。全首沒有精雕細琢的綺詞麗句，而表達的氣氛是如許的熱烈，色彩是那樣鮮明，境界又是那樣開闊，帝王家的氣派盡在其中。再如他的《長相思》：

雲一緺，玉一梭，澹澹衫兒薄薄羅，輕顰雙黛螺。　秋風多，雨相和，簾外芭蕉三兩窠。夜長人奈何！

全首淺易得類似民歌，但主人公那嫻雅的形象歷歷在目，纏綿怨悵之情楚楚動人。就是他那些亡國後的作品，如上文提到的《破陣子》、《虞美人》等，情調哀傷悽切，沉鬱悲涼，用詞仍是淺淡明白，筆勢則如江河直下，沒有絲毫矯揉做作。這種精妙的白描藝術，使李煜的詞具有一種樸素的美。

　　塑造了栩栩如生的藝術形象，是李煜藝術技巧的又一體現。在他的筆下，主人公是豐滿的、動態的。他那些描寫舞女歌姬的詞，音容笑貌活靈活現。如《一斛珠》：

　　曉妝初過，沉檀輕注些兒箇。向人微露丁香顆，一曲清歌，暫引櫻桃破。　　羅袖裛殘殷色可，杯深旋被香醪涴。繡牀斜憑嬌無那，爛嚼紅茸，笑向檀郎唾。

　　歌女那一副嬌癡之態，躍躍欲出，下筆細膩而生動。再看《謝新恩》：

　　櫻花落盡階前月，象牀愁倚薰籠。遠似去年今日恨還同。　　雙鬟不整雲憔悴，淚沾紅抹胸。何處相思苦？紗窗醉夢中。

詞中，那因相思而憔悴的美人可謂塑造得形神兼備。艷事閒愁，本是花間派詞人最長於描寫的，李煜比之不但毫無遜色，較之他們專事文詞修飾、追求表面的浮華，李煜筆下的人物顯得鮮明活躍，顧盼有情。

　　他亡國之後的作品，抒寫鬱鬱無歡的生活，對故國的懷思，心境的孤寂悽苦，也是那樣形象鮮明。如"最是倉皇辭廟日，教坊猶奏別離歌，垂淚對宮娥"，"故國夢重歸，覺來雙淚垂"，"獨自莫憑闌！無限關山，別時容易見時難"等等，他通過心理、行動的刻劃，使人如見其形，如聞其聲。這許許多多活的形象，使李煜的詞具有一種動態的美。

　　而用語精審、概括力強又是李煜詞所令人折服的。他善於運用形象的比喻，景物的烘托，表達濃烈深摯的感情。他的《搗練子令》：

　　深院靜，小庭空，斷續寒砧斷續風。無奈夜長人不寐，數聲和月到簾櫳！

　　用空寂的庭院、斷續的砧聲、秋風、夜月，襯托那個孤寂的人。全首不見愁字而愁情自生，感情深摯而悠長。再如《清平樂》：

別來春半，觸目柔腸斷。砌下落梅如雪亂，拂了一身還滿。　雁來音信無憑，路遙歸夢難成。離恨恰如春草，更行更遠還生。

這首詞以紛紛亂墜、拂之不完的梅瓣襯托那因懷人而紛亂的心，更以綿綿不盡的春草比喻綿綿不盡的離恨，何等精闢，何等貼切，所蘊含的感情又是那麼誠摯感人。

他後期的作品，更臻成熟完美，達到更為精妙的境界。如《望江梅》：

閒夢遠，南國正芳春：船上管絃江面綠，滿城飛絮輥輕塵。忙殺看花人！　閒夢遠，南國正清秋：千里江山寒色遠，蘆花深處泊孤舟。笛在月明樓。

這首詞，看似隨意之筆，其中頗具匠心。詞裏有選擇地描寫了故國景物——水綠花繁的芳春，車快，人忙；清朗寒寂的秋天，月明、笛聲……全首單純寫景，字裏行間卻滲透了無盡的故國之思。

他的《望江南》，以“車如流水馬如龍，花月正春風”簡練地描述了過去了的聲色豪奢的帝王生活。《虞美人》又以“問君能有許（幾）多愁，恰似一江春水向東流”比喻愁恨的悠長無盡。在《浪淘沙》裏，他以“別時容易見時難”這麼一句尋常語，異常精確地表達了有國難歸的巨大苦痛，更以“流水落花春去也，天上人間”這一哀嘆，說明美好生活已經永遠消逝，再也無處追尋。這些精警的句子，一直成為後世傳誦的名句，那流露出來的深沉哀痛，一直搖撼着讀者的心靈。

李煜的詞，以出色的藝術技巧，真摯的感情而博得讚譽。周濟的《介存齋論詞雜著》評道：“李後主詞如生馬駒，不受控捉。”又道：“毛嬙、西施，天下美婦也。嚴妝佳、淡妝亦佳，粗服亂頭，不掩國色。飛卿，嚴妝也；端己，淡妝也；後主則粗服亂頭矣……”以此形容李煜的詞隨意縱橫，如絕色美人，雖不妝扮，但韻致天然麗質照人。況周頤在《蕙風詞話》也說：“五代詞人……其錚錚佼佼者，如李重光之性靈、韋端己之風度，馮正中之堂廡，豈操觚之士能方其萬一？”這樣的評價，絕非過譽。

宋代女詞人李清照，山東濟南人，生於1084年。父親李格非，官至禮部員外郎，不但文章寫得好，詩詞也很有修養，當時被稱為後四學士。母親王氏，據考證是漢國公王準的孫女，“亦善文”，“工詞翰”。在這麼一個書香門第中飽受薰陶，使清照獲得了廣博的學識。她不但以詞名於時，還工詩、善文、能書、能畫，並能鑒賞金石篆刻。宋朝王灼《碧雞漫志》記載她“自少年即有詩名，才力華贍，逼近前輩。若本朝婦人，當推文采第一”。宋朝有名的理學家朱熹，也不得不稱讚說：“本朝婦人能文，只有李易安與魏夫人。”《雲麓漫鈔》則記載道，清照“文章落筆，人爭傳之”。

李清照十八歲時，嫁太學生趙明誠。趙明誠是當朝丞相趙挺之之子，不但博學多才，而且酷愛書畫，對金石更有研究，與清照意趣相投，感情甚好。在趙挺之去世以後，夫婦曾回青州故第，過了一段悠然閒適的鄉居生活。屏居十年以後，又隨明誠出仕萊州、淄州。1126年，金人南下，攻破北宋的京城東京（開封），擄去徽宗、欽宗二帝，北宋王朝覆亡，這便是歷史上有名的"靖康之難"。在這場巨變中，清照與明誠在戰火中輾轉南下，所藏的書畫金石，或於家中被焚，或在途中遭劫，散失幾盡。在顛沛流離中，明誠病死於建康（南京）。清照集國難家愁於一身，在兵戈戰亂之中，流寓於越州、溫州、金華等地。隨着南宋偏安江南，她寓居臨安（杭州），在孤寂中度過了她的晚年，終年約在 1151 年以後。

據史書所載，李清照著有文章、詩詞，並有字、書流傳，可惜多已散失。其中，她的詞在歷史上最負盛名。

女詞人的一生，經歷了北宋、南宋兩個王朝，身罹國難、飽受戰禍之苦，詞的內容也有明顯的分野。她長於仕宦之家，出嫁於名門望族，童年和婚後，過的是優裕豐足的貴族婦女生活，接觸面是閨中的一角天地，或郊遊所睹的風物人情。有的只是少女的脈脈情思，或親人離別而產生的淡淡離愁。因此她前期的詞抒寫的也是郊遊、閨情與離愁。她的《如夢令》：

常記溪亭日暮，沉醉不知歸路。興盡晚回舟，誤入藕花深處。爭渡、爭渡，驚起一灘鷗鷺。

又如《怨王孫》：

湖上風來波浩渺，秋已暮，紅稀香少。水光山色與人親，說不盡，無窮好。　蓮子已成荷葉老，清露洗，蘋花汀草。眠沙鷗鷺不回頭，似也恨，人歸早。

這些詞以清新活躍的筆調，描寫了郊遊的樂趣，洋溢着熾熱的青春氣息。還有一部分詞，以纖巧工細的筆觸，刻劃少女的情懷。如《浣溪沙》：

小院閒窗春色深，重簾未捲影沉沉，倚樓無語理瑤琴。　遠岫出雲催薄暮，細風吹雨弄輕陰，梨花欲謝恐難禁。

全首點染出深春的景色，使人窺見那"無語理瑤琴"的女子心頭的微波，或許正是詞人的寫照。

清照婚後，趙明誠或因出仕而小別，又曾與

友人遠遊。清照思念不已，寫了不少詞章抒發了閨中少婦的綿綿情思。如《浣溪沙》：

　　莫許盃深琥珀濃，未成沉醉意先融，疏鐘已應晚來風。　　瑞腦香消魂夢斷，辟寒金小髻鬟鬆，醒時空對燭花紅。

　　還有那首有名的《醉花陰》：

　　薄霧濃雲愁永晝，瑞腦銷金獸。佳節又重陽，玉枕紗廚，半夜涼初透。　　東籬把酒黃昏後，有暗香盈袖。莫道不銷魂，簾捲西風，人比黃花瘦。

　　這一類作品，從生活的各個不同側面，以各種不同的手法，細膩地闡發了獨守空閨的悵惘苦悶，曲盡了對離人的深切懷思。由於時代與環境的局限，女詞人的視野不能更開闊。因此，清照前期的作品，沒有能突破詞的柔媚內容，而只成為工於寫離愁別恨的閨閣詞人。不過值得一提的是，她的這類詞，深摯而不輕浮，清麗而不俗艷，比之專事綺羅香澤的花間詞，卻別有一種大家風範。

　　金人染指中原，釀成歷史的驟變　驚破了女詞人美滿閒適的閨中生活。她從大宅深院中，降而與黎民百姓一道，在戰亂中飄泊流離，正如她在詩中寫的"飄流遂與流人伍"。國家與民族面臨的深重災難，使她備受折磨。趙明誠的病逝，又使她惶亂的心遭受一次沉重的打擊。在這場變亂中，她失去了一切賴以生存的精神支柱。飄零孤寂伴隨着她以後的歲月，"物是人非事事休"。因此，反映在詞裏的，是孤冷悽哀的心境，和難以磨滅的故土之思。如《添字采桑子》：

　　窗前誰種芭蕉樹，陰滿中庭。陰滿中庭，葉葉心心，舒展有餘清。　傷心枕上三更雨，點滴霖霪。點滴霖霪，愁損北人，不慣起來聽。

　　這首詞借景抒情，形象地表達了流寓江南的悽苦。再如那首使詞人劉辰翁為之涕下的《永遇樂》：

　　落日鎔金，暮雲合璧，人在何處？染柳煙濃，吹梅笛怨，春意知幾許。元宵佳節，融和天氣，次第豈無風雨。來相召，香車寶馬，謝他酒朋詩侶。　中州盛日，閨門多暇，記得偏重三五。鋪翠冠兒，撚金雪柳，簇帶爭濟楚。如今憔悴，風鬟霜鬢，怕見夜間出去。不如向、簾兒底下，聽人笑語。

這首長調，以迂迴曲折的鋪敘手法，撫今憶昔，抒寫了對故都繁華的懷念，以及晚年孤寂的慨嘆，蒼涼動人。這是她晚年經常觸及的題材。這段時期雖間或有些自我開解之作，如《攤破浣溪沙》：

病起蕭蕭兩鬢華，臥看殘月上窗紗，豆蔻連梢煎熟水，莫分茶。　枕上詩書閒處好，門前風景雨來佳，終日向人多醞藉，木犀花。

表面看來似很閒適，細味之仍覺酸苦。她後期的詞，雖不如她的詩那樣剛健，明顯地表示了對國家民族命運的關注，對奸佞之臣的嫉恨。但已從別恨離愁轉到國難家仇，詞的境界開闊，感情濃郁強烈，有不少成為後世傳誦的名篇。

李清照的詞，以其獨特的藝術風格，在詞林

中獨樹一幟。《詞品》曾稱譽"宋人中填詞，李易安亦稱冠絕，使在衣冠，當與秦七、黃九爭雄不獨雄於閨閣也。"在封建社會中，一個女詞人能獲得這樣的評價，殊非易事。

李清照生於宋詞的極盛時期，得以博覽各派詞家的風貌。她的詞既吸收了花間派纖麗的特點，又融和了李後主的白描手法，還巧妙地吸收了民間語言，"以尋常語度入音律"（《貴耳集》），如古人說的"絢爛之極，歸於平淡"。沒有極高的藝術素養，是無法達到這種境界的。

用語奇俊新巧，是清照詞最為人注目的一大特色。如"寵柳嬌花"、"簾捲西風，人比黃花瘦"、"此情無計可消除，纔下眉頭，卻上心頭"、"應是綠肥紅瘦"等句，精煉而富於形象，或舊意翻新、或自出機杼，都是為人傳誦的名句。她晚年的名篇《聲聲慢》，尤為詞家嘆服——

尋尋覓覓，冷冷清清，悽悽慘慘戚戚。乍暖還寒時候，最難將息。三盃兩盞淡酒，怎敵他、晚來風急。雁過也，正傷心，卻是舊時相識。

滿地黃花堆積，憔悴損，如今有誰堪摘？守著窗兒，獨自怎生得黑。梧桐更兼細雨，到黃昏，點點滴滴。這次第，怎一箇、愁字了得！

　　全首用仄韻，如嗚似咽。一開始連用十四個疊字，自然貼切，不露刀斧痕跡。評家讚許為"情景婉絕，真是絕唱"，"超然筆墨蹊徑之外，豈特閨幃，士林中不多見也"，有的又嘆為"公孫大娘舞劍器手"，才氣之矯拔可見。

　　她用字遣句的功力，還表現在善於運用恰當的比喻表達豐滿的物象，抒發深邃的感情。她以"黃花瘦"喻女子的清瘦憔悴，這一"瘦"字，確是點睛之筆。她筆下的梅花，"香臉半開嬌旖旎，當庭際，玉人浴出新妝洗"。以出浴的美人比擬清俊的梅花，婀娜多姿，神韻盡出。再看她晚年在金華所作的《武陵春》：

　　風住塵香花已盡，日晚倦梳頭。物是人非事事休，欲語淚先流。　　聞說雙溪春尚好，也擬泛輕舟。只恐雙溪舴艋舟，載不動，許多愁。

　　結句以"小舟載不動許多愁"這一極生動形象的比喻，點出了愁思的沉重。

　　清照用詞造句以奇巧新穎名於世，但讓來淺

白流暢，平易親切，有時直以俚俗語入詞，沒有晦澀難懂之弊。在她的詞中，如"甚霎兒晴，霎兒雨，霎兒風。""隨意杯盤雖草草，酒美梅酸，恰稱人懷抱。""試燈無意思，踏雪沒心情。"這類顯淺平白的詞語比比皆是。甚至她那些為人傳誦的名句，也淺近得像信手拈來，毫不着意。這語淺情深，駕馭自如的高妙手法，可謂深得後主詞的神髓。至於她那精湛的用字遣句技巧，更一直為後世人所學習效法，影響深遠。

從細微處刻劃人物，把欲達之情表現得深摯動人，這是清照詞出色之處。她以洞察秋毫的細膩詞筆，着意描寫那不易為人覺察的心理和動態。如她那首短短的《訴衷情》：

夜來沉醉卸妝遲，梅萼插殘枝。酒醒熏破春睡，夢遠不成歸。　人悄悄，月依依，翠簾垂。更接殘蕊，更撚餘香，更得些時。

詞中的主人公並沒有什麼特殊的行動，不過是酒醒以後默默地把殘花捻碎而已。而細心的讀者卻體察到，只有極度的懷思，才會以酒澆愁、才會在酒醒之後如此無聊地去打發那難眠之夜。

也只有洞曉箇中情味的女詞人，下筆才會如此工細傳神。又如那首頗為人稱譽的《如夢令》：

　　昨夜雨疏風驟，濃睡不消殘酒。試問捲簾人，卻道海棠依舊。知否、知否？應是綠肥紅瘦。

　　全詞只有三十多個字，而主僕二人神情盡出。濃睡未消酒意的女主人，那一急促的回答，又分明的帶着幾分感慨。詞人就是這麼微妙地把筆下的人物塑造得有聲有色、有稜有角，收到從微見著的效果。

　　詞筆清麗，意境優美，是清照詞的又一特色。在「詞為艷科」這一觀念的影響下，詞林中，描寫閨情、艷事閒愁的作品浩如煙海，有些失於濃艷妖冶，故作姿態；有些又傷於精雕細鏤，晦澀難明。清照卻以清麗流暢的詞筆，描畫出一個如詩如畫的境界，烘托主人公的行動，使欲抒之情表現得委婉感人。如《一剪梅》：

　　紅藕香殘玉簟秋，輕解羅裳，獨上蘭舟。雲中誰寄錦書來，雁字回時，月滿西樓。　　花自瓢零水自流，一種相思，兩處閒愁。此情無計可消除，纔下眉頭，却上心頭。

這首詞恰如一軸淡雅的畫卷，以香殘的荷、雲中飛雁、滿樓明月、飛花流水交織成一個冷寂的秋景，把那獨上蘭舟的少婦那一縷懷人之思抒發得纖細綿長。詞家讚為"語意飄逸，令人省目。"又如《滿庭芳》：

小閣藏春，閒窗鎖晝，畫堂無限深幽。篆香燒盡，日影下簾鈎。手種江梅更好，又何必，臨水登樓。無人到，寂寥渾似，何遜在揚州。

從來，知韻勝，難堪雨藉，不耐風揉。更誰家橫笛，吹動濃愁。莫恨香消雪減，須信道，掃跡情留。難言處，良宵淡月，疏影尚風流。

長調最考筆力。清照卻鋪陳有致，以幽深悄靜的庭院，聲聲凄怨的橫笛，烘托出梅花的姿態，點出殘梅雖盡、風韻猶存這一主題。她的詞，不管是早年表達少女情懷、離愁別緒的也好；或是晚年抒發故土之思的也好，都善於以輕靈秀麗的筆觸去描畫意境，捕捉更為深邃而內在的情思。沒有高度的藝術天賦和深厚的藝術素養，是很難進入這種神妙境界的。正因為清照的創作把婉約詞派推進到了又一個高峯，所以她成為我國歷史上享譽最高的女詞人是毫不奇怪的。

　　這個本子注釋兩位詞人的詞作。其中，李煜詞共三十五首，另附缺字之作四首。李清照詞四十二首，附缺字、失調名及存疑之作十八首。二家現存詞作，均已收入。正選之作，間有疑議而未成定論者，於注釋中予以注明。又，二家歷代編集甚多，文字多有不同，本書李煜詞以詹安泰《李璟李煜詞》為據，李清照詞以王學初《李清照集校注》為據，讀者如有疑問，可覆按二書。

　　注釋這兩位在歷史上享有盛名的詞家的作品，要透徹通達，殊非易事。由於水平所限，難免有理解不足，或粗略膚淺之弊。欲窮其深義，讀者盡可想像飛馳、探尋追索。而本書中錯誤不當之處，尤望識者通人批評指正。

　　　　　　　　　　　　　　陳錦榮
　　　　　　　　　甲子閏十月於東山寓廬

李煜詞

三十五首

（附：缺字之作四首）

浣溪沙

　　這首詞，描繪了輕歌曼舞、恣情宴樂的宮中生活。用語平易淺白不加雕飾，僅僅用了六句四十二個字，就把場景勾畫得有聲有色，層次分明。使人不能不驚嘆作者高度的概括力。

　　紅日已高三丈透，金爐次第添香獸，紅錦地衣隨步皺[1]。　　佳人舞點金釵溜，酒惡時拈花蕊嗅。別殿遙聞簫鼓奏[2]。

注釋

1　"紅日"三句：紅日的光影從高空直透進殿裏來。銅爐裏不斷地添加着香氣氳氳的獸炭，紅錦織成的地毯隨着美人的舞步時起時伏地皺縮着。

　　香獸：掺和了香料製作成獸形的炭。**地衣**：鋪在地上的織物。

2　"佳人"三句：美人們頭上的金釵隨舞蹈的節拍而閃動，我不時拈起花枝嗅一下，以解除濃重的酒意。忽然，一陣音樂聲從遠處傳來。哦，那是另外一座宮殿的簫鼓在演奏……

酒惡：是當時的方言，也即古人常說的"中酒"，指將醉的時候。齅：同"嗅"。

《侯鯖錄》卷八云："金陵人謂中酒曰酒惡，則知李後主詩云'酒惡時拈花蕊嗅'用鄉人語也。"《古今詞話·詞辨》評："李後主用仄韻，'紅日……'固是絕唱。"

一斛珠

這首詞,詞人極工細地描寫了一個歌姬的風韻情態。特別抓住對象那富於特徵的 "櫻桃小嘴",將小女兒嬌癡爛漫之態寫得極其真切生動,令人有呼之欲出之感。顯示了作者高超的白描技巧。

曉妝初過,沉檀輕注些兒箇[1]。向人微露丁香顆,一曲清歌,暫引櫻桃破[2]。　羅袖裛殘殷色可,杯深旋被香醪涴[3]。繡牀斜憑嬌無那,爛嚼紅茸,笑向檀郎唾[4]。

注釋

1　"曉妝"二句:她早上起來,剛剛梳妝完畢,還輕輕在脣上點上了一些淺絳色的 "沉檀"。

　　沉檀:這是婦女妝扮用的顏色。或用於眉端,或用於口脣。沉,顏色深而帶潤澤。檀,淺絳色。**些兒箇**:當時方言,即一些。

2　"向人"三句:她吐出舌頭向人做了個鬼臉,然後就用清脆的嗓子唱起了歌。那櫻桃般的小嘴有節奏地張合着,真是美妙極了。

丁香顆：丁香是植物名，又叫"雞舌香"，常用作女人舌的代稱。櫻桃破：櫻桃，形容女子的口嬌小紅潤。破，指歌唱時張開小口。白居易《楊柳詞》詩："櫻桃樊素口，楊柳小蠻腰。"

3　　"羅袖"二句：她的輕羅衣袖被沾濕了，顯出了一片殷紅色的印跡，又算得了什麼呢——那是被香酵的美酒沾污了啊，我們已經喝下了很多。

裛：通"浥"，沾濕之意。陶潛《飲酒》詩其四："裛露掇其英。"可可：即"猶可可"之意。意為不在乎，還算不了什麼。杯深：形容酒喝得多了。醹：汁滓相兼的甜酒。浣：沾污。

4　　"繡牀"三句：她斜靠着繡牀，那副愛嬌不勝的樣子真叫人拿她沒辦法。忽然，她又頑皮起來，把那嚼得稀爛的紅色茸綫含在嘴裏，笑嘻嘻地向心愛的人吐去……

無那：無奈。紅茸：紅色的茸綫。茸通"絨"，刺繡用的絲縷。檀郎：指所愛的男子。據傳，潘安小字檀奴，故古時女子稱所歡愛的男子為檀郎。又一說以檀比喻其香。

玉樓春

　　這首詞寫的也是宮中宴樂，以鋪敘的手法展現了一幅宮嬪如雲、笙簫歌舞的明麗熱鬧場面。下闋寫踏月而歸，意境開闊優美。筆路有如彩雲舒捲，氣象萬千。

　　晚妝初了明肌雪，春殿嬪娥魚貫列。笙簫吹斷水雲間，重按霓裳歌徧徹[1]。　臨春誰更飄香屑？醉拍闌干情味切[2]。歸時休放燭光紅，待踏馬蹄清夜月[3]。

注釋

1　**"晚妝"四句**：她們一個個晚妝剛罷，肌膚像雪一般明淨白皙——在春意融和的宮殿裏，這些美麗的宮嬪整然有序地排列着。笙和簫清越的聲音剛剛飄散在遠水雲天之間，接着又響起了《霓裳羽衣曲》美妙動人的旋律。

　　嬪娥：泛指宮女。**魚貫列**：像成串的魚兒那樣排列有序。

　　笙：一作"鳳"。**霓裳歌徧徹**：霓裳，按《樂苑》載，是開元中西涼府節度使楊敬述所進。白居易《霓裳羽衣舞歌》自注云，散序六遍無拍，中序始有拍，亦名拍序，十二遍而終。沈括《夢溪筆談》則謂霓裳曲凡十二疊。前六疊無拍，至第七疊方謂之疊徧，自此始有拍而舞。可知是舞曲。做 此處是"依"，"末"的意思。

按：馬令《南唐書》卷六《女憲傳》載，後主昭惠后周氏，通書史，善音律，尤工琵琶。唐盛時，霓裳羽衣最為大曲，罹亂，瞽師曠職，其音遂絕。後主獨得其譜。後輒變易訛謬，頗去洼淰，繁手新音，清越可聽。

2　**"臨春"二句：**已是春天了，竟飄起片片散發着芳香的"白雪"？帶着醉意，應和着樂曲的節奏拍擊欄杆，興致越覺得濃。

春：一作"風"。**香屑：**當是指於舞蹈中拋灑以增加氣氛的香料製品。**味：**一作"末"。

3　**"歸時"二句：**待會兒散席後就不要點那紅蠟燭了，大家跨上馬背，踏着清明的月色歸去豈不更好？

光：一作"花"。

按：《詞苑叢談》卷六載，李後主宮中未嘗點燭，每至夜則懸大寶珠，光照一室如日中……王阮亭《南唐宮詞》云："花下投籤漏滴壺，秦淮宮殿浸虛無。從茲明月無顏色，御閣新懸照夜珠。"極能道其遺事。

菩薩蠻

　　此詞與以下兩首，傳說是李後主為小周后而作的。小周后是昭惠后的妹妹，在昭惠后生病時，她常進出宮中，與李後主感情甚篤。這三首《菩薩蠻》大概是這個時期的作品。這首詞生動而細膩地刻劃了女子與戀人月夜幽會的情景與心態。那深摯熾熱的感情、大膽純真的行動，直能呼喚起蘊藏在讀者心靈深處的柔情。

　　花明月黯籠輕霧，今宵好向郎邊去[1]！剗襪步香階，手提金縷鞋[2]。　　畫堂南畔見，一向偎人顫。奴為出來難，教君恣意憐[3]。

注釋

1　　“花明”二句：花兒是那麼明艷，月兒卻朦朦朧朧的，四周被薄霧輕輕地籠罩着。這麼一個晚上，正好到心愛的人兒那裏去。

2　　“剗襪”二句：只穿着襪子無聲地踏過臺階，剛脫下的金縷鞋就提在手裏。
　　　剗：削平的意思。此處解為只以襪貼地行走。**金縷鞋**：以金綫繡成的鞋。

按：此句寫幽會的情景，因怕腳步聲為人所覺，故脫鞋
而行

3　**"畫堂"四句：**在華麗的廳堂南邊見到了，馬上緊緊地依
偎在他懷裏，好一會兒身子還在顫抖呢。出來一趟真不容
易，郎君你就縱情地愛憐吧！

　　畫堂：繪着彩畫作裝飾的廳堂。**一向：**即"一晌"，片刻的
意思。**憐：**江東方言。相愛之意。

　　按：《南唐書》卷六《女憲傳》載："後主繼室周氏，昭惠
之母弟也，警敏有才思，神彩端靜。……昭惠殂，后未勝
禮服，待年宮中。明年，鍾太后殂，後主服喪，故中宮位
號久而未正。至開寶元年，始議立后為國后。……后自
昭惠殂，常在禁中。後主樂府詞有'剗襪步香階，手提金
縷鞋'之類，多傳於外，至納后乃成禮而已。翌日，大醮
（宴）羣臣，韓熙載以下，皆為詩以諷焉，而後主不之譴。"
《草堂詩餘續集》眉評："正指小周后事。"

菩薩蠻

悄悄地來到幽深悄靜的畫堂裏，驀地出現在所歡愛的女子的面前，彼此沉醉在甜蜜的愛戀中……這裏寫的雖是愛情生活的一個小節，但詞人通過環境的烘托、細膩的神態刻劃，所選取的又是最能牽動情懷的一霎那，遂使那欲抒發的情意，更覺綿綿無盡。

蓬萊院閉天臺女，畫堂晝寢人無語[1]。拋枕翠雲光，繡衣聞異香[2]。　潛來珠瑣動，驚覺銀屏夢。臉慢笑盈盈，相看無限情[3]。

注釋

1　**“蓬萊”二句**：像蓬萊仙境般的庭院裏，幽居着一位美麗的仙女。白天，她在華麗的廳堂裏睡着了，四周靜悄悄的聽不見一點人聲。
　　蓬萊：仙山名。古傳説在渤海中有蓬萊、方丈、瀛洲三座仙山，上有仙人及不死之藥。**天臺女**：即仙女。天臺是山名，在浙江天臺縣北。相傳漢朝劉晨、阮肇入天臺山採藥，遇二仙女，留居了半年，回家時方知已過了七世。

2　**“拋枕”二句**：她那翠雲般的秀髮披散在枕畔閃閃發亮，身上的繡花衣裙散發着奇妙的芳香。

鬢雲：形容女子的頭髮烏黑濃密。

3 **"潛來"四句**：我悄悄地來到這裏扣動環瑣，驚醒了銀屏
下的春夢——她坐起來迎着我，俏麗的臉卜綻開了盈盈笑
靨。我們一聲不響地互相看着，那情意啊，綿綿不盡……

珠瑣：指門上或身上的裝飾物，動則有聲。**銀屏**：白色的
屏風或圍屏。**臉慢**：慢，同"曼"，是有光澤、長的意思，
形容貌美。毛熙震《女冠子》詞："修蛾慢臉，不語檀心一
點。"《楚辭‧招魂》亦有"蛾眉曼睩"之句。

菩薩蠻

　　這裏所描寫的是筵席上的一次艷遇——一位奏樂的女孩子暗暗送來含情的目光，可由於種種原因，二人卻無法結合，詞人只有把一縷迷戀之情寄入夢中⋯⋯

　　銅簧韻脆鏘寒竹，新聲慢奏移纖玉[1]。眼色暗相鈎，秋波橫欲流[2]。　　雨雲深繡戶，未便諧衷素。宴罷又成空，魂迷春夢中！[3]

注釋

1　**"銅簧"二句**：笙簫的簧片顫動着，清越的音韻通過竹管鏘然噴發。白玉般的纖指輕靈地移動，奏起了一支柔美妙曼的新曲。

　　銅簧：樂器中的簧片，通常用銅製。**寒竹**：指簫、笛、笙、笋之類樂器。**纖玉**：女子的手指。以纖玉喻其玲瓏小巧。

2　**"眼色"二句**：我們用眼色互相挑逗，她那美妙的目光明澈得就像秋波來回流淌。

3　**"雨雲"四句**：多麼盼望在幽靜的繡房中共諧魚水。可是總沒有機會與她共訴情衷。筵散之後，一切也跟着完結。從今以後，我只能在睡夢中為她意亂魂迷了。

　　未：一作"來"。

喜遷鶯

這首詞抒發了暮春時節的情懷。結末二句把惜春、留春的心情刻劃得深入細緻，委婉動人。

曉月墜，宿雲微，無語枕憑欹[1]。夢回芳草思依依，天遠雁聲稀[2]。　啼鶯散，餘花亂，寂寞畫堂深院[3]。片紅休掃儘從伊，留待舞人歸[4]。

注釋

1　"曉月"三句：拂曉時分，月兒落下去了，夜來積聚的雲片也漸漸飄散。我倚着枕兒，默然無語。

　　雲：一作"煙"。憑：一作"頻"。

2　"夢回"二句：一覺醒來，但見滿園的芳草撩起我無限的情思。在那遙遠的天際，鴻雁的叫聲已經越來越稀少了。

　　按：此數句寫春末夏初的情懷。

3　"啼鶯"三句：枝頭上啼叫的鶯兒飛走了，那春後還開的花朵也紛紛亂墜。華麗的廳堂、幽深的庭院變得冷清寂寞起來。

　　餘花：指春後的花。謝朓《遊東田》詩："鳥散餘花落。"

4　"片紅"二句：且莫清掃片片的落紅，就讓它鋪滿庭院，等待那些跳舞的人兒歸來吧！

按：此二句意謂欲以落紅作地氈，供姬人舞蹈，使寂寞的庭院重新熱鬧起來——一種惜春、留春之情曲折道出。

采桑子

這首詞《花草粹編》、《草堂詩餘續集》皆題作《春思》。作者選取了細雨霏霏、落花飄舞的春末景致,把那一縷愁懷烘托得更其深沉、動人。調一名"醜奴兒令"。

庭前春逐紅英盡,舞態徘徊,細雨霏微,不放雙眉時暫開[1]。　綠窗冷靜芳音斷,香印成灰[2]。可奈情懷,欲睡朦朧入夢來[3]。

注釋

1　"庭前"四句:庭院前,紅艷艷的花朵紛紛亂墜,春天也隨之逝去了。片片花瓣在風中飛舞迴旋,濛濛細雨連綿不斷。此情此景,緊鎖着的雙眉又怎能有一瞬間的舒展!
　　庭:一作"亭"。英:一作"雰"。霏微:一作"霏霏"。
2　"綠窗"二句:冷清清地守在綠樹環繞的窗前,總盼不到她的音信,燃着篆香已成灰燼。
　　香印:指篆香燒盡後,遺下的灰燼,其形盤旋如印。元稹《和友封題開善寺十韻》詩:"香印白灰銷。"
　　按:此處以篆香成灰喻時光之漫長。
3　"可奈"二句:無奈情思悠悠不斷,剛欲睡去,那人兒便朦朦朧朧的進入夢裏來了。

長相思

　　這首詞的主人公是一位閒雅端麗的女子。上半闋描寫了她出眾的風韻儀態，下半闋則以秋雨芭蕉作襯托，表達了她那難耐的情思。全詞用語淺白，極類民歌風格。而筆墨精煉灑脱，三言兩語即能突出物象，筆到情到，顯示了詞人語言藝術的高深造詣。

　　雲一緺，玉一梭，澹澹衫兒薄薄羅，輕顰雙黛螺[1]。　　秋風多，雨相和，簾外芭蕉三兩窠，夜長人奈何[2]！

注釋

1　　"雲一緺"四句：她頭上的秀髮恰如烏雲盤結，她髮髻上的簪珥恰似白玉穿梭。披一身輕羅縫製的素淡衣衫，她站在那裏，微微皺起那黛色的雙眉。
　　緺：稱通"渦"，喻髮髻盤結。薛蘭英、蕙英《蘇臺竹枝詞十首》聯句："一緺鳳髻綠如雲。"玉一梭：指紮髮用的玉簪一類飾物。黛螺：青綠色的顏料，婦女用以畫眉。

2　　"秋風"四句：秋風不停地吹，雨點也趕來應和。最煩人的是簾子外那兩三株滴嗒作響的芭蕉。漫長的秋夜，孤寂的人兒將怎樣度過？
　　相：一作"如"。窠：同"棵"。一株叫一窠。

楊柳枝

這首詞詠的是垂柳。詞人筆下的柳絲搖曳有情，大概是藉以拂去那遲暮的憂愁吧！據張邦基《墨莊漫錄》卷二載，李後主書此詞於黃羅扇上賜給宮人慶奴。

　　風情漸老見春羞，到處芳魂感舊遊 [1]。多謝長條似相識，強垂煙穗拂人頭 [2]。

注釋

1　"風情"二句：那談風説月的年華漸漸過去，連遇上一年一度的春天，都有點自慚形穢了。只有那無處不在的春天之神的姿貌蹤影，隨時隨地都勾起我對舊日遊冶情事的感嘆。

2　"多謝"二句：多謝那長長的柳條兒似曾相識，不管我願意不願意，儘自垂下那濃密如煙的柳穗，輕輕拂弄着我的頭。謝：一作"見"。穗：植物的花實結聚在莖端的叫"穗"。按：此二句是對"到處芳魂感舊遊"的發揮。柳穗拂人，就更容易觸起對往昔艷情生活的追憶了。

漁父

此詞與以下一首簡練地描繪了"萬頃波中得自由"的漁父生涯，恰如哀絲豪竹中的一曲民謠。顯然是詞人通過想像而美化了的天地，卻清新灑脫，表現了作者的另一種風格。雖有人懷疑作品的真偽，但無確據。

浪花有意千重雪，桃李無言一隊春[1]。一壺酒，一竿身，世上如儂有幾人[2]？

注釋

1 "浪花"二句：水波輕騰，好像有意堆起千重白雪；桃李成行，默默地迎春盛放。
   重：一作"里"。李：一作"花"。
2 "一壺"三句：一壺薄酒，一根竹篙，獨來獨往。像我這樣無牽無掛的，試問世上能有幾個呢？
   身：一作"綸"。世上：一作"快活"。

漁父

　　一棹春風一葉舟，一綸繭縷一輕鉤[1]。花滿渚，酒滿甌，萬頃波中得自由[2]。

注釋

1　"一棹"二句：趁着春風，一枝長棹，一葉小舟。還有一束柔韌的絲縷，一隻輕輕的釣鉤。

　　棹：搖船的用具。**綸**：較粗的絲綫。此指釣絲。

2　"花滿"三句：眼前春花——開遍了江上的小洲；壺中美酒——斟它滿碗滿甌。啊，生活在萬頃波浪中，才有這樣的自在自由！

　　渚：即小洲，江河中的小塊陸地。**甌**：古時一種碗狀飲器。陶穀《清異錄》載："耀州陶匠創造一等平底深椀（碗），狀簡古，號小海鷗。"

　　《漁父》二闋，《歷代詩餘》調名《漁歌子》。《花草粹編》題作《題供奉衛賢春江釣叟圖》。按《宣和畫譜》卷八所載，衛賢，長安人，江南李氏時為內供奉，長於樓觀人物。嘗作"春江圖"，李氏為題"漁父"詞於其上。《五代史注》引《翰府名談》也載，張文懿家有衛賢所畫《春江釣叟圖》，上有李後主漁父詞二首。

搗練子令

出《蘭畹曲令》

這首詞也有題作《秋閨》的。作者以一系列最容易牽動離愁的景物，去抒寫深閨女子夜長難寐的情懷。全首沒有一字說愁，但愁在其中。結句七字尤覺情味深厚。

深院靜，小庭空，斷續寒砧斷續風[1]。無奈夜長人不寐，數聲和月到簾櫳[2]！

注釋

1　　**"深院" 三句**：院落幽深靜謐，小庭空寂無人。秋風有一陣沒一陣地吹拂着，送來了斷斷續續的搗衣聲。

　　砧：即搗衣石，古時婦女多在石上搗衣。

2　　**"無奈" 二句**：多麼無可奈何啊！夜是這樣漫長，我卻總是難以入睡——哎，你聽那悲悲切切的聲響隨着清冷的月色，此刻又透進窗簾來了……

　　簾櫳：掛着竹簾的格子窗。

關於《蘭畹曲令》，據《碧雞漫志》卷二載："蘭畹曲會，孔寧極先生之子方平所集。"《宋詩紀事》卷三十四載："孔夷字方平，號滍皋先生，元祐中隱士，劉攽、韓維之畏友。"

這書早已散佚，周泳先輯得一卷，在《唐宋金元詞鈎沉》中。

此詞《尊前集》、《詞譜》以為馮延巳作，但《陽春集》不載此詞。《歷代詩餘·搗練子》調名下注：“一名‘深院月’，又名‘深夜月’。李煜秋閨詞有‘斷續寒砧斷續風’之句，遂以‘搗練’名其調。”

謝新恩

以下六詞墨跡在孟郡王家 [1]

此詞調據傳共有六首，其中多有缺字。這一首是懷人之作。滿地櫻花、月照空階、人倚薰籠……閨中女子鬱悶愁苦之態曲曲寫盡。結句一轉，尤為委婉含蓄。

櫻花落盡階前月，象牀愁倚薰籠。遠似去年今日恨還同 [2]。　雙鬢不整雲憔悴，淚沾紅抹胸。何處相思苦？紗窗醉夢中 [3]。

注釋

1　**孟郡王**：孟忠厚，字仁仲，隆祐太后兄，高宗紹興七年（1137）封信安郡王。

2　**"櫻花"三句**：櫻花已經落盡，月色灑滿階前。我坐在那象牙雕飾的牀上，滿懷愁緒地斜倚着薰籠。早在去年今日，那離愁別恨啊，就是這麼個滋味了！
　　薰籠：在薰爐上蓋以籠子，是貴族婦女生活用器，用以薰衣被等。《東宮舊事》載："太子納妃，有漆畫薰籠二，大被薰籠三，衣薰籠三。"似：一作"是"。

3　**"雙鬢"四句**：頭上的雙鬢髻也懶得梳理，一任如雲的秀髮亂蓬蓬的，成串的淚珠滴濕了紅色的抹胸。到哪裏去向他訴說相思之苦？眼下，惟有到紗窗之下，醉夢之中……
　　抹胸：掩在胸前的小衣，又名"金訶子"，俗稱"兜肚"。

謝新恩

　　這首詞同樣是為思念遠人而作。選取的是重陽登高這一特定環境，看到的偏又是滿階紅葉、茱萸香墜。比起尋常日子來，那離愁當然更其難耐了。

　　冉冉秋光留不住，滿階紅葉暮[1]。又是過重陽，臺榭登臨處，茱萸香墜。　　紫菊氣，飄庭戶，晚煙籠細雨[2]。噰噰新雁咽寒聲，愁恨年年長相似[3]。

注釋

1　"冉冉"二句：秋光已慢慢消逝，再也留不住了。黃昏時分，階前堆滿了衰殘的紅葉。

2　"又是"六句：眼下又到了重陽佳節，我照例到水榭樓臺去登臨一番。只見那散發着芳香的茱萸正在紛紛飄墜，紫菊的氣味陣陣傳入庭院裏來。沉沉的暮靄籠罩着四周，竟又下起濛濛細雨。
　　茱萸：一種有濃烈香味的植物。古代風俗，重陽節佩茱萸以去邪辟惡。王維《九月九日憶山東兄弟》詩："遙知兄弟登高處，遍插茱萸少一人。"

3　"噰噰"二句：南飛的雁行又開始在寒天中發出淒切的鳴叫；滿腔離愁別恨，年年都是如此。

嘤嘤：同"嗈嗈"，鳥和鳴聲。**寒**：一作"愁"。

按：雁兒飛過，不但沒有帶來音信，反而傳來淒切的鳴

聲——一縷離愁至此渲染得更濃烈了。

謝新恩

　　這首詞懷念所眷戀而又已離去的女子，景物依然、人去樓空，只有無可奈何地發出“暫時相見，如夢懶思量”的怨嘆。詞中，眼前的風物被賦予了感情，以曲折地表達相思之苦，結句淡泊而深摯。

　　秦樓不見吹簫女，空餘上苑風光。粉英含蕊自低昂。東風惱我，纔發一衿香[1]。　　瓊窗夢留殘日，當年得恨何長[2]！碧闌干外映垂楊。暫時相見，如夢懶思量[3]。

注釋

1　　“秦樓”五句：冷清清的秦樓，再看不見那吹簫的女郎。上林苑裏，空剩下滿園春光。數了粉般的花骨朵，自管高高低低的綴滿技上。大概東風有意跟我鬧彆扭吧，拖到如今，堂屋南面這一片花兒才得以開放。

　　秦樓：原指秦穆公女弄玉所居之樓，亦稱鳳樓。後泛指女子所居的樓閣。**吹簫女**：相傳秦穆公把女兒弄玉許配給善吹簫之蕭史，弄玉隨之學吹簫，簫聲清越，引來了鳳，夫婦雙雙跨鳳而去。吹簫女即指弄玉。此處用這典故説明人去樓空。**上苑**：帝王遊獵的場地。**一衿香**：房屋堂前（南邊）叫襟，此指堂前的花朵。衿，一作"襟"。

2　　**"瓊窗"二句**：在華美的窗子下午睡醒來，夕陽還在天際逗留，當年惹下的這一段愁恨，為何這樣綿長！

　　按："瓊窗夢留殘日"句，沈刻王校南詞本作"瓊窗夢□留殘日"；侯本作"瓊窗夢箇殘日"；劉箋本作"瓊窗□夢留殘日"。

3　　**"碧闌"三句**：你看碧欄杆外，又到了綠楊掩映的時節。唉，縱然暫時見上一面，也不過是一場夢幻，倒不如把她忘掉，不去思量！

阮郎歸

呈鄭王十二弟，後有隸書東宮府書印

這首詞寫一位思婦幽居獨處、孤寂無聊的心緒。聯繫詩題來看，可能有某種寄意。結句對景自憐，纏綿淒怨，有寒氣襲人之感。

東風吹水日銜山，春來長是閒。落花狼藉酒闌珊，笙歌醉夢間[1]。　珮聲悄，晚妝殘。憑誰整翠鬟[2]？留連光景惜朱顏，黃昏獨倚闌[3]。

注釋

1 "東風"四句：東風吹起了粼粼水波，斜日已經落到了蒼山頂上。入春以來一直是這樣百無聊賴。落花亂紛紛地飄墜，酒筵也早已散掉，那笙簫歌舞，也只在醉夢中追尋了。

　　闌珊：本是衰殘之意，這裏指酒盡人散。

2 "珮聲"三句：四周靜悄悄的，再聽不見環珮的聲響；晚妝零亂不整，有誰來替她梳理鬟髮呢？

　　翠鬟：把髮束起叫鬟，翠鬟與常說的綠髮同義，即頭髮。

3 "留連"二句：她留戀着眼前這光景，只怕美好的容顏隨年光的飛逝而凋謝，直到黃昏，還獨自倚着欄杆……

鄭王十二弟，據考證當是李煜弟弟從善。據《南唐書》載，從善於開寶四年（971）朝宋，被宋太祖留居京師不得歸。後主知道後，曾上書求從善歸國，宋太祖不許。後主十分悲哀，曾作《卻登高文》以表悽哀悵望之情。

清平樂

此詞開頭一大段只就眼前景況極意盤旋，至結束二句驀然推開，音調亦一轉而為淒厲悠長，遂覺怨苦之情，噴薄而出，撼人心腑。有人以為此是李煜為思念入宋不歸之愛弟從善而作。但細度詞意，疑屬國亡後被拘北行的作品。

別來春半，觸目柔腸斷。砌下落梅如雪亂，拂了一身還滿¹。　雁來音信無憑，路遙歸夢難成²。離恨恰如春草，更行更遠還生³！

注釋

1 "別來"四句：自從離開之後，不覺又是春深時節。映入眼簾的一切一切，都使我柔腸欲斷。站在臺階下，周遭的梅花正紛紛掉落，恰似飛揚的白雪。剛剛把沾在身上的拂去，轉眼之間，襟前肩上又落了個滿。

　　砌：臺階。

2 "雁來"二句：雁兒飛來了，卻不見有音信捎來。路程是這樣遙遠，只怕連做夢也難得回去了！

3 "離恨"二句：離愁別恨恰似那春天的芳草，那怕你再往前走，那怕走得再遠，它都緊緊伴隨着你，連綿不斷……

采桑子

二詞，墨跡在王季宮判院家 [1]

　　蕭瑟的秋天，特別容易撩動離人的愁腸——一個幽居獨處的女子，空自默默地回憶着已經消逝的美好年光，卻無法把心事傳給昔年的伴侶……這逝水般悠長的哀怨，也許正是詞人內心的自白。

　　轆轤金井梧桐晚，幾樹驚秋，晝雨新愁，百尺蝦鬚在玉鈎 [2]。　　瓊窗春斷雙蛾皺，回首邊頭，欲寄鱗遊，九曲寒波不泝流 [3]。

注釋

1　二詞：指這首及下面一首《虞美人》。

2　**"轆轤"四句**：帶轆轤的水井，井邊立着幾株梧桐樹。衰敗的葉子簌簌掉落，使人驚覺到秋天已經來臨。整個白天一直下着雨，使我又平添了一重愁緒。沒奈何，只好把蝦鬚樣的長長簾子搭在玉鈎上。

　　轆轤：井邊汲水用具。**梧桐晚**：此處指樹木已屆衰謝期。古人往往以金井梧桐並用以抒發秋思。如王昌齡《長信秋詞》詩："金井梧桐秋葉黃。"**晝**：一作"舊"。**新**：一作"和"；一作"如"。**蝦鬚**：因簾的形狀象蝦鬚，故用以代指

簾。蘇易簡《越江吟》詞：＂蝦鬚半捲天香散。＂ 在：一作
＂上＂。

3　＂瓊窗＂四句：在那華美的窗下，我們曾經有一段春光無
限的生活。如今已經完結了，怎不教人雙眉緊皺、心情難
受！我久久回望着遙遠的地方，有心托魚兒給他（她）捎
一封書信，可那冰冷的流水，卻只顧迂迴而下，不肯倒
流！

瓊窗：精緻華美的窗子。邊頭：指遙遠的地方。鱗遊：指
書信。《古樂府》詩：＂客從遠方來，遺我雙鯉魚。呼童烹
鯉魚，中有尺素書。＂因此，古時把書信稱＂雙鯉＂或＂魚
信＂。泝：逆流而上。

虞美人

　　這首詞寫春愁。從眼前蕪綠柳青寫起，轉入對往昔的追憶中，最後又回到眼前。詞筆一開一合，今昔對比，把傷逝的情懷刻劃得異常深沉。

　　風回小院庭蕪綠，柳眼春相續[1]。憑闌半日獨無言，依舊竹聲新月似當年[2]。　　笙歌未散尊前在，池面冰初解[3]。燭明香暗畫樓深，滿鬢清霜殘雪思難任[4]。

注釋

1　"風回"二句：柔和的風在庭院裏迴旋，隔年的草根發綠了。春天剛到，柳枝兒緊接着就長出了媚眼般的新葉。

　　蕪：叢生的草。杜甫《徐步》詩："整履步青蕪。"柳眼：柳芽初長時像眼睛那樣，故叫柳眼。

2　"憑闌"二句：好半天的倚着欄杆，獨自一個，默默無言。風弄翠竹的聲音，徐徐升起的新月，眼前的景致，依舊與當年一模一樣！

3　"笙歌"二句：好像笙歌尚未散去，酒筵還在進行，池塘裏的冰塊也正因春暖而剛剛消溶。

　　前：一作"罍"。

4　"燭明"二句：我們一起回到那幽深的閣樓裏，燈燭是那樣明亮，香氛是那樣濃郁。這種美好的回憶是多麼難以禁受，何況面對着一庭殘雪的我已經到了兩鬢如霜的年紀……

樓：一作"堂"。任：一作"禁"。

沈際飛《草堂詩餘續集》評："此亦在汴京憶舊乎？"

烏夜啼

　　這首詞塑造了一個徹夜難眠、希圖以一醉忘卻世事的愁人形象，充滿了悲觀頹廢的情調。也許是當時國破家亡的絕望前景使詞人心靈塗上了濃重的暗影之故吧！

　　昨夜風兼雨，簾幃颯颯秋聲。燭殘漏滴頻欹枕，起坐不能平[1]。　　世事漫隨流水，算來一夢浮生[2]。醉鄉路穩宜頻到，此外不堪行[3]。

注釋

1　**"昨夜"四句**：昨夜寒風夾着冷雨，撲打着簾子和帷幕，發出了陣陣悲涼的秋聲。宮燭燒盡了，報時的漏聲還響個不停。我一次又一次地靠在枕頭上，又一次一次地坐起來，心情怎樣也不能安定。

　　漏滴：古代計時的用器。用銅壺盛水，底穿一孔漏水以計算時刻。滴，一作"斷"。

2　**"世事"二句**：世上的一切情事都徒然隨着流水逝去了。算起來，人生不過是短暫的一夢。

　　一夢：一作"夢裏"。

3　**"醉鄉"二句**：只有那醉鄉中的路最為平穩，看來應當常去才是。因為除此以外，再沒有甚麼路是好走的了。

　　醉鄉：唐王績喜飲酒，曾著《醉鄉記》。此處指酒醉後的幻境。

破陣子

975 年，宋太祖遣師攻破南唐京城金陵，李煜肉袒出降。這首詞記述了這一段情事。有人以為是當時之作，有人又認為是日後追述。不管是寫於當時也罷，是追述也罷，這是一闋亡國的哀歌。詞人以滲和着血淚的詞筆，直抒發自內心的強烈哀痛。那淒惶的場面，那如泣如訴的語言，把一位亡國之君的心靈袒露在讀者眼前。

四十年來家國，三千里地山河[1]。鳳閣龍樓連霄漢，玉樹瓊枝作煙蘿。幾曾識干戈[2]？

一旦歸為臣虜，沈腰潘鬢銷磨[3]。最是倉皇辭廟日，教坊猶奏別離歌，垂淚對宮娥[4]！

注釋

1 　“四十”二句：開基創業四十年的國家，縱橫三千里的土地山河。

　　按：南唐自 937 年開國，至宋師在 975 年攻破京都金陵，已近四十年。又據馬令《南唐書・建國譜》載，南唐共有三十五州之地，號為大國。這兩句簡練地概括了南唐開國及其地域的情況。

2 　“鳳閣”三句：鏤鳳的殿閣，雕龍的宮樓連接着雲天；名貴的花卉，珍奇的樹木，恰似煙霧擁聚、藤蘿交纏——我生長在這裏，那曉得什麼刀兵戰事！

識：一作"慣"。**干戈：**兵器名，借指戰爭。

3 **"一旦"二句：**一朝變成了被迫俯首稱臣的俘虜，此後啊！我的腰圍將會像當年沈約那樣消減下去，鬢髮也將會如潘岳那樣一片斑白。

臣：一作"僕"。**沈腰：**《南史·沈約傳》載："（約）與徐勉素善，遂以書陳情於勉，言己老病，百日數旬，革帶常應移孔，以手握臂，率計月小半分。欲謝事求歸老之秩。"後人因而把"沈腰"作為腰肢瘦減的代詞。**潘鬢：**潘岳《秋興賦》有"斑鬢髮以承弁兮"之句，後來把"潘鬢"作為頭髮斑白的代詞。

4 **"最是"三句：**最難堪的是辭別太廟的時刻，教坊的樂隊還大吹大擂地奏起離別之歌。我只有淚流滿面，對着身邊侍候的宮娥。

辭廟：古代帝王把自己的祖先供奉在廟宇內。此處指離國遠去之前，拜辭祖先。**教坊：**設在宮中，專司女樂，頗似漢代的"樂府"。**垂：**一作"揮"。**宮娥：**即宮女。李煜宮中宮娥的名字，可考據的有黃保儀、流珠、喬氏、慶奴、薛九、宜愛、意可、窅娘、秋水、小花蕊等。

有人因"垂淚對宮娥"句，認為不合李煜的帝王身份而疑該詞為偽作。但從李煜的生活環境和個性來說，此句正恰恰表現了這個"生於深宮之中，長於婦人之手"的帝王的性格特徵。

袁文《甕牖閒評》卷五評道："蘇東坡記李後主去國詞

云：‘最是倉皇辭廟日，教坊猶奏別離歌，揮淚對宮娥！’以為後主失國，當慟哭於廟門之外，謝其民而後行；乃對宮娥聽樂，形於詞句！余謂此決非後主詞也，特後人附會為之耳。觀曹彬下江南時，後主豫令宮中積薪，誓言若社稷失守，當攜血肉以赴火。其屬志如此，後雖不免歸朝，然當是時更有甚教坊，何暇對宮娥也！”毛先舒《南唐拾遺記》則云：“案此詞或是追賦。倘煜是時猶作詞，則全無心肝矣！至若揮淚聽歌，特詞人偶然語。且據煜詞，則揮淚本為哭廟，而離歌乃伶人見煜辭廟而自奏耳。”愚按：毛說最為得之。

臨江仙

　　有人認為這首詞作於宋師圍城之時，有人又以為是後主書他人之詞，但無確據。細觀詞意，則是寫一女子傷春懷人。到底她是誰？詞人的戀人？還是另有寄託？讓者不妨自己去判斷。

　　櫻桃落盡春歸去，蝶翻金粉雙飛，子規啼月小樓西。畫簾珠箔，惆悵捲金泥[1]。　　門巷寂寥人去後，望殘煙草低迷[2]。爐香閒裊鳳凰兒，空持羅帶，回首恨依依[3]！

注釋

1　"櫻桃"五句：櫻挑花落盡了，春天已經過去。只有雙雙彩蝶還搧動着金粉雙翅，來回飛舞。小樓西邊，每當殘月照臨，就傳來了杜鵑哀切的啼叫。那描着燙金圖案的帷幕，那珠子穿就的垂簾，冷清清地隨風舒捲着，這情景多麼令人惆悵。

　　子規：即杜鵑，鳥名。傳說是蜀國皇帝杜宇的精靈所化，叫聲淒切，喜在深夜啼叫。珠箔：即珠簾。金泥：金泥顏色的簾箔。

2　　　"門巷"二句：自從那人離去以後，門巷頓時顯得沉寂冷
　　　落。如今遠遠望去，只見淡煙低籠着野草，一片迷濛。
　　　門：一作"別"。去：一作"散"。

3　　　"爐香"三句：鏤刻成鳳凰式樣的香爐，正悠閒地吐着裊裊
　　　的煙縷。她徒然理着羅帶，把往事一一回想，那滿懷的愁
　　　恨，該怎生排遣啊！
　　　按：此三句《花草粹編》、《詞綜》、《全唐詩》、《詞林紀事》
　　　均照《耆舊續聞》補入。原本子共缺十六字，並書如下：
　　　《西清詩話》云："後主圍城中作此詞，未就而城破，嘗見
　　　殘稿，默染晦昧，心方危窘，不在書耳。"按《實錄》："開
　　　寶七年（974）十月伐江南，明年十一月破昇州。此詞乃詠
　　　春，決非城破時作。然王師圍昇州既一年，後主於圍城中
　　　春作此詞不可知，方是時，其心豈不危急！"

　　　據《耆舊續聞》卷三載："蔡絛作《西清詩話》，載江
南後主臨江仙云：'圍城中書，其尾不全。'以余考之，殆
不然。余家藏李後主七佛戒經及雜書二本，皆作梵葉，中有
臨江仙，塗注數字，未嘗不全，其後則書太白詩數章，似平
日學書也。本江南中書舍人王克正家物，後歸陳魏公之孫世
功君懋。余陳氏婿也。其詞云：'櫻桃落盡春歸去，蝶翻輕
粉雙飛。子規啼月小樓西，玉鉤羅幕，惆悵暮煙垂。別巷寂
寥人散後，望殘煙草低迷。爐香閒裊鳳凰兒，空持羅帶，
回首恨依依！'後有蘇子由題云：'淒涼怨慕，真亡國之聲
也。'"夏承燾則云："據此，乃後主書他人詞，非其自作。"
　　　又：張邦基《墨莊漫錄》卷七載："宣和間蔡寶臣致君

收南唐後主書數軸來京師，以獻蔡絛約之。其一乃王師攻金陵，城垂破時，倉皇中作一疏禱於釋氏，願兵退之後，許造佛像若干身，菩薩若干身，齋僧若干萬員，建佛宇若干所，其數皆甚多。字畫潦草，然皆遒勁可愛，蓋危窘急中所書也。又有看經發願文，自稱蓮峯居士李煜。又有長短句臨江僊云：‘櫻桃結子春（光）歸盡，蝶翻金粉雙飛。子規啼月小樓西，玉鉤羅幕，惆悵捲金泥！門巷寂寥人去後，望殘煙草低迷……’而無尾句。劉延仲為補之云：‘何時重聽玉驄嘶，撲簾飛絮，依約夢回時。’”

望江梅

這首詞抒寫了詞人入宋後眷念故國的深摯感情。他摘取了春秋兩季最富有南國特色的景物，凝煉地描寫了故國的秀麗風光。全首看似寫景，而深情盡在其中。

《全唐詩》的編排把這首詞分為兩首。詞牌作"望江南"。

閒夢遠，南國正芳春：船上管絃江面綠，滿城飛絮輥輕塵。忙殺看花人[1]！　　閒夢遠，南國正清秋：千里江山寒色遠，蘆花深處泊孤舟。笛在月明樓[2]。

注釋

1　"閒夢"五句：悠閒的夢境，伸展得很遠。我夢見自己回到了南方故鄉，正值羣芳鬥艷的春天——遊船上，絃管在彈奏，美妙的音樂貼着碧澄澄的江面飄散開去；滿城柳絮迎風起舞，飛轉的車輪子揚起了陣陣輕塵。那看花的人，可真忙壞了！

　　輥：形容車輪轉動得很快。一作"混"；一作"滾"。忙：一作"愁"。

2　"閒夢"五句：悠閒的夢境，伸展得很遠。我夢見自己回到了南方故鄉，正值晴朗清爽的秋天——千里山河冷瑟瑟地向遠方綿延，蘆花深處，停泊着一葉小舟。明月照臨，樓閣上傳來了笛聲。

　　遠：一作"暮"。

　　趙嘏《長安晚秋》詩有"長笛一聲人倚樓"句，人稱他為"趙倚樓"。此詞結句借用此意，不但傳神地點出秋夜，而且這美妙的境界又恰恰最能撩動故國之思。所以短短的五字，獲得詞簡意深的效果。

望江南

　　此首也是詞人被俘入宋後思憶故國的作品。但是，他已經不能冷靜而單純地描寫景物，把感情隱藏在心靈深處，而是直接的融情入景，一任亡國的悲淚在筆端噴湧而出。

　　《尊前集》的編排，把這首詞分為兩首。

　　多少恨，昨夜夢魂中：還似舊時遊上苑，車如流水馬如龍，花月正春風[1]！　　多少淚，斷臉復橫頤。心事莫將和淚說，鳳笙休向淚時吹，腸斷更無疑[2]！

注釋

1　"多少恨"五句：有多少幽恨啊！都因昨夜那一個夢 —— 夢中我竟像當年那樣，到蓄養着珍禽異獸的上苑遊獵。車如流水，馬似遊龍，前呼後擁；美艷的花，清朗的月，趁着和煦的春風！

　　按：這幾句描寫夢境，極精煉地概括了已逝去的帝王生活，意境博大開闊，更襯托出心情的沉痛。

2　"多少淚"五句：有多少眼淚啊！它流過臉頰，沿着下巴流淌。心事不要在這流淚的時候説，鳳笙也不要在這流淚的時候吹。我的肝腸，已經寸寸碎斷了！

斷臉：一作"沾袖"。**頤**：面頰。**説**：一作"滴"。**鳳笙**：古傳説，秦時蕭史吹簫引來了鳳凰。後人便把笙簫等樂器稱鳳簫、鳳笙。**淚時**：一作"月明"。

烏夜啼

這首詞按其情調來説，也應是入宋後所作。詞人從花的凋謝，想到流淚惜別的美人，憐惜美好的事物橫遭摧折，生起了"人生長恨"的慨嘆！

　　林花謝了春紅，太匆匆！無奈朝來寒雨晚來風[1]。　　臙脂淚，留人醉，幾時重？自是人生長恨水長東[2]！

注釋

1　"林花"三句：紅艷艷的花瓣別了春天，紛紛凋謝，實在太匆促了！也是無可奈何啊——早晨，來一陣寒雨；傍晚，又來一陣猛風，它們又怎麼受得了？

　　無奈：一作"長恨"。雨：一作"重"。

2　"臙脂"四句：美人流着勻和了臙脂的眼淚，苦苦勸我留下來喝它個醉，誰知道何日再重逢？人生的恨事就像那江水東流，綿長無盡！

　　留人：一作"相留"。

子夜歌

這首也是寄托故國之思的作品。李煜入宋後，過着囚徒般的幽禁生活。歸國無期，已是難堪；登高臨遠，又孑然一身。絕望之餘，便發出了人生如夢的怨唱。

人生愁恨何能免？銷魂獨我情何限！故國夢重歸，覺來雙淚垂[1]！　高樓誰與上？長記秋晴望。往事已成空，還如一夢中[2]。

注釋

1　"人生"四句：人生於世，愁與恨本來是難免的。可是，像我這種與眾不同的苦況愁情，又哪裏能有盡頭！多少次在夢中重回故國，醒來卻只有珠淚雙垂！

2　"高樓"四句：此時此際，有誰與我一起登樓？昔日在晴朗的秋天登高遠眺的情景，我永遠也無法忘懷——過去的已經永遠過去了，就好像做了一場夢那樣！

浪淘沙

　　據史實記載，李煜入宋後，被幽禁深宮，有老卒守門，不得隨便與外間接觸。這首詞，直接描寫了這種鬱悶陰暗的生活，以及越來越濃烈的對故國的眷戀。全詞從對過去的追憶寫起，轉入眼前枯寂生活，接着又回到過去，然後神馳天外，遐想騰飛，而終歸結於一片空虛茫然。筆路之曲折，抒寫之細微，俱臻極致，此詞所以不同凡響在此。

　　往事只堪哀！對景難排[1]。秋風庭院蘚侵階。一任珠簾閒不捲，終日誰來[2]？　　金鎖已沉埋，壯氣蒿萊[3]！晚涼天淨月華開。想得玉樓瑤殿影，空照秦淮[4]。

注釋

1　"往事"二句：過去的事，回想起來只感到無限悲哀。何況眼前又是這般景物，就更令人難以排遣。

2　"秋風"三句：蕭瑟的秋風吹拂着庭院，苔蘚已長到臺階上來了。任憑珠簾胡亂地垂掛着，也懶得捲起——唉，一天到晚，這地方又有誰會來呢！

一任：一作"一行"；一作"一桁"。

按：苔蘚侵階，珠簾不捲，形象而生動地點明了"終日誰來"的情景。下筆極是精確洗煉。

3 **"金鎖"二句**：我那黃金鎖子甲不知埋沒何方，昔日昂揚的氣概也消散在叢生的野草裏。

   金鎖：指金鎖甲。杜甫《重過何氏》詩："雨拋金鎖甲，苔臥綠沉槍。"《秦書》載，苻堅使熊邈造金銀細鎧，金為綫以縷之。今謂甲之精細者為鎖子甲。一作"金劍"。**蒿萊**：蒿即蒿子，萊即藜，均是草名，生於郊野或久無人跡的屋舍中。

   按：此二句暗喻再圖復國已沒有希望。

4 **"晚涼"三句**：日晚天涼，碧空如洗，皓月的光華灑滿大地。不難想像，故國那些殿宇樓臺該會顯得多麼巍峨壯麗！不過時至今日，大概只有秦淮河在反映出它們冷清的倒影吧！

   秦淮：即南京秦淮河。南京本是南唐國都。秦淮河畔有歌樓舞館，河中畫舫遊艇，極繁華。

沈際飛云："此在汴京念秣陵事作，讀不忍竟。"

虞美人

這是千古傳誦的名篇之一，寫於 977 年或是 978 年，尚無確據。傳說詞人因詞中流露了故國之思，被宋太宗派人毒死，足見此詞具有極強的感染力。全詞曲盡了一個亡國之君特有的心態，那出自肺腑的滿腹辛酸，如流泉嗚咽，似孤雁哀鳴，撼人心魄、催人淚下。用語簡潔尋常，而內涵極豐，結句尤為後人所激賞。

　　春花秋葉何時了？往事知多少[1]。小樓昨夜又東風，故國不堪回首月明中[2]！　　雕闌玉砌依然在，只是朱顏改[3]。問君能有許多愁？恰似一江春水向東流[4]。

注釋

1　　"春花"二句：春花開，秋葉落，年復一年，到底什麼時候才算完結啊？如霧如煙的紛紜往事，有多少值得我細細回想！
　　按："春花秋葉"有的本子作"春花秋月"。作為時令解釋，春花秋葉代表一年似更恰當。

2　　“小樓”二句：小小的樓閣昨夜又吹來了和煦的東風。可是，在這麼一輪象徵團圓的明月下，又怎忍心再去回想我那永遠失去的故國。

3　　“雕闌”二句：那精雕細繪的欄杆，那白玉似的階砌想必美好如舊，只是我昔日的青春容顏，已經衰老憔悴了。

　　雕闌玉砌：雕繪的欄杆，玉一般的石階，此處泛指故國宮殿。**依然**：一作“應猶”。

4　　“問君”二句：若問我心中的愁恨到底有多少？它就像那滔滔東下的一江春水，天荒地老，難盡難窮！

　　許多：一作“幾多”。

　　陸游《避暑漫鈔》載，李煜歸朝後，鬱鬱不樂，見於詞語。在賜第七夕，命故妓作樂，聲聞於外。太宗怒。又傳“小樓昨夜又東風”及“一江春水向東流”之句，並坐之，遂被禍。《樂府紀聞》也載，後主歸宋後與故宮人書云：“此中夕夕只以眼淚洗面。”每懷故國，詞調越工。……其賦《虞美人》有云：“問君能有幾多愁？恰似一江春水向東流”。舊臣聞之，有泣下者。七夕在賜第作樂。太宗聞之怒，更得其詞，故有賜牽機藥之事。陳霆《唐餘記傳》又載：煜以七夕日生，是日燕飲聲伎，徹於禁中。太宗衛其有故國不堪回首之詞，至是又慍其酣暢，乃命楚王元佐等（據考定應是秦王廷美）携觴就其第而助之歡。酒闌，煜中牽機藥毒而死。

　　毛先舒《南唐拾遺記》載：“詞女紫竹愛綴詞。一日，手李後主集。其父問曰：‘後主詞中何處最佳？’答曰：‘問君能有幾多愁？恰似一江春水向東流。’按此可與荊公問山谷語並傳。”

浪淘沙令

　　這首詞詞意悽哀動人，詞人用最沉鬱的調子傾訴了那無法壓抑的感慨：只有在夢中忘記了自己的處境時，才能得到短暫的歡娛；但一旦驚醒，那日夕難忘的故國山河，又永難再見……這是多麼悲痛的泣訴。特別是結句，詞人用形象的比喻，把"獨自莫憑闌"的悲嘆發揮得更博大深沉，彷彿是對長空發出的一聲淒厲的呼喊——

　　簾外雨潺潺，春意闌珊，羅衾不耐五更寒[1]。夢裏不知身是客，一餉貪歡[2]。　　獨自莫憑闌！無限關山，別時容易見時難[3]。流水落花春去也，天上人間[4]！

注釋

1　"簾外"三句：簾子外面，雨聲潺潺地響個不停；春天那欣欣向榮的氣息已經很淡薄了。蓋在身上的薄薄衾被，抵擋不住拂曉時分的凜凜寒氣。

　　潺潺：形容雨聲。闌珊：衰殘。耐：一作"暖"。

　　按：以上三句，用雨聲、春殘、夜寒襯托夢醒後的惆悵難堪。與以下回憶的夢境成了鮮明的對比。

2 "夢裏"二句：剛才在睡夢裏，我竟忘記了自己是個漂泊異
   鄉的人，竟照舊一個勁兒地又笑又鬧，尋歡作樂。

   一餉：謂一食之頃，比喻極短暫的時間。

   按：這兩句是痛苦的自嘲，其哀入骨。

3 "獨自"三句：獨個兒的時候，不要靠着欄杆去遠眺故國的
   遼闊山河。須知道離開它時很容易，再見卻很難。

   關山：一作"江山"。

4 "流水"二句：落花長逝、流水不回，對於我來說，美好的
   春光已經永遠消逝了，不管是在天上，還是人間！

   春：一作"歸"。

   按：下闋緊承上闋而起。由於有"夢裏不知身是客，一餉
   貪歡"的羞慚，所以在現實生活中，詞人就緊記着"獨自
   莫憑闌"了。這一收一起，蘊含着無限的酸苦。又："天
   上"，喻享國之時，"人間"，喻亡國之後。

《西清詩話》云："後主歸朝，每懷江國，且念嬪妾散
落，鬱鬱不自聊，遂作此詞，含思悽惋，未幾下世。"

長相思

這首詞以情景交融的寫法,委婉地表達了對遠去未歸的戀人的深切懷思,語短情長。

　　一重山,兩重山,山遠天高煙水寒,相思楓葉丹[1]。　　菊花開,菊花殘,塞雁高飛人未還,一簾風月閒[2]。

注釋

1　"一重"四句:望不盡的一重山,兩重山。山是這麼遠,天是那樣高,淡煙籠罩着流水,是那麼蕭瑟寒冷。相思的血淚啊,恰似那片楓葉紅丹丹。

　　楓葉丹:楓是一種落葉喬木,葉子到秋天就變成紅色,故也叫丹楓。

2　"菊花"四句:瞧着菊花盛開,又瞧着菊花衰殘,邊塞的雁兒也高飛南返。那遠去的人啊,仍不見歸還。只有簾子外的清風明月,依舊是那樣寧靜悠閒!

　　這首詞並見鄧肅的《栟櫚詞》。而《類編》、《花草粹編》、《毛訂》、《正集》、《歷代詩餘》、《宋校》均題李後主作。《陳校》作鄧肅作。《妙選》不署作者姓名。《草堂詩餘》題為《秋怨》。

後庭花破子

此詞是宴樂之作，音節歡快，情緒熱烈。

　　玉樹後庭前，瑤草妝鏡邊。去年花不老，今年月又圓 [1]。莫教偏，和月和花，天教長少年 [2]。

注釋

1　"玉樹" 四句：在《玉樹後庭花》的優美樂曲之前，在雕飾着仙草圖案的妝鏡旁邊，去年的花兒仍是這樣鮮嫩嬌美，今年的月兒又是這麼圓。

　　玉樹：珍貴的樹木。玉樹後庭當指樂曲《玉樹後庭花》。瑤草：仙草。

　　按：後兩句意思即花好月圓，年年如是。

2　"莫教" 三句：就這樣，別再變。這是老天爺的意思，讓我們連同這圓月、鮮花一道，永遠青春年少！

　　和月和花：一作 "和花和月"。

　　原本此詞後書如下：陳暘《樂書》云："《後庭花破子》，李後主、馮廷巳相率為之，其詞如上，但不知李作抑馮作也。"

　　這詞並見明弘治高麗刊本《遺山樂府》。《花草粹編》

收這詞，但沒有標作者姓名。四印齋本《陽春集》補遺後附注：“《詞辨》上卷引陳氏《樂書》曰：‘《後庭花破子》，李後主、馮延巳率為之。’此詞李作馮作，惜未載明，各本選錄李詞，亦無此闋。”

《詞譜》錄王煇《後庭花破子》後云：“此調創自金元，有邵貞、趙孟頫詞及《太平樂府》、《花草粹編》無名氏詞可校”。

搗練子令

這首詞短短幾句，就突出了一個為愁思纏繞的美人形象，可見詞人筆觸的工細。

雲鬢亂，晚妝殘，帶恨眉兒遠岫攢[1]。斜托香腮春筍嫩，為誰和淚倚闌干[2]？

注釋

1　"雲鬢"三句：如雲的鬢髮亂蓬蓬的，晚妝殘了也無心整理，遠山樣的眉兒含愁帶恨的緊蹙着。
　　遠岫：遠山。攢：緊蹙不展。
2　"斜托"二句：春筍般嬌嫩的手兒，斜托着香噴噴的臉頰。到底為了誰，你含着淚水，斜靠在欄杆旁？
　　倚：一作"憶"。

此詞下，呂本注云："出升庵《詞林萬選》"。《詞林萬選》錄後主詞共兩首，一首是《菩薩蠻》(銅簧韻脆鏘寒竹)，一首即此詞。劉繼增箋："按此闋舊鈔本、侯本並不載，當是呂氏校刊附益"。《花草粹編》題為《春恨》，未標作者姓名，在"深院靜"一首下。《續集》作李後主作，題為《閨情》。

浣溪沙

這首詞以空冷悄寂的池臺樓閣，抒寫了物在人非的淒涼心境，發出人生如夢的慨嘆。

　　轉燭飄蓬一夢歸，欲尋陳跡悵人非，天教心願與身違[1]。　　待月池臺空逝水，映花樓閣漫斜暉。登臨不惜更沾衣[2]！

注釋

1　"轉燭"三句：世事恰如轉燭飄蓬般變化無常，到頭來，都成了一場夢幻。縱然打算追尋往昔的蹤跡，惆悵的是已經人事全非。上天好像注定要使我心中想的同自身所做的相違背。
　　轉燭：形容世事如轉燭一般隨時變化。**飄蓬**：蓬草秋天枯黃後隨風飄轉。形容世事飄忽無常。

2　"待月"三句：昔日待月的臺榭只剩下一彎悄然流逝的綠水，花枝掩映的樓閣鋪滿落日的餘暉。故地登臨，我又何惜淚珠灑遍襟袖！

這首詞另見於《陽春集》，《花草粹編》作馮延巳作。《全唐詩》、《歷代詩餘》均作後主作。

三臺令

此詞描寫了一位愁人長夜難眠的情態，詞人以環境作烘托，使人讀來倍覺孤寂單寒。

不寐倦長更，披衣出戶行 [1]。月寒秋竹冷，風切夜窗聲 [2]。

注釋

1　"不寐"二句：徹夜難眠，只厭倦夜靜更長，乾脆披上衣裳，到戶外走上一走。

2　"月寒"二句：這秋夜啊，月色帶着寒意，竹子也冷颼颼的，陣陣秋風敲擊窗戶，聲音是那樣悲切愁人。

此詞《古今詞話》引《教坊記》作後主作，《歷代詩餘》引同。據沈雄《古今詞話》載："三臺舞曲，自漢有之。唐王建、劉禹錫、韋應物諸人有宮中、上皇、江南、突厥之別。《教坊記》亦載五、七言體，如'不寐倦長更，披衣出戶行。月寒秋竹冷，風切夜窗聲。'傳是後主三臺詞……"

烏夜啼

這首詞寫登樓所見。明月如鉤,梧桐蕭瑟,觸目盡是惹人愁緒的清秋景色。下闋即以形象化的語言,比擬離別的愁情,妙在不全然說破。大概這難以言傳的"滋味",蘊含了去國辭廟的苦況,自然是旁人所難以領略的。

無言獨上西樓,月如鉤。寂寞梧桐深院鎖清秋[1]。 剪不斷,理還亂,是離愁。別是一般滋味在心頭[2]!

注釋

1   **"無言"三句**:我一言不發,獨自登上西樓,凝望天上那如鉤的明月。在寂靜的庭院裏,梧桐樹正籠罩在清冷的秋色之中。

2   **"剪不斷"四句**:那剪也剪不斷,越梳理越加零亂的,是我離別的愁緒。它縈繞在我的心中,那一種滋味,真是無可比況!

   離愁:此謂去國之愁。**別是**:另有。一作"別有"。

此詞《續集》作李後主作，下注："一刻蜀主孟昶"。

沈際飛《草堂詩餘續集》："七情所至，淺嘗者說破，深嘗者說不破。破之淺，不破之深。'別是一般滋味在心頭'句妙。"

附：缺字之作

子夜歌

尋春須是先春早，看花莫待花枝老。縹色玉柔擎，醅浮面□。□□頻笑粲，禁苑春歸晚。同醉與閒平，詩隨羯鼓成。

謝新恩

金窗力困起還慵。

謝新恩

庭空客散人歸後，畫堂半掩珠簾。林風淅淅夜厭厭。小樓新月，回首自纖纖。（下缺）春光鎮在人空老，新愁往恨何窮！（下缺）一聲羌笛，驚起醉怡容。

謝新恩

櫻花落盡春將困，秋千架下歸時。漏暗斜月遲遲花在枝。（缺十二字）徹曉紗窗下，待來君不知。

李清照詞

四十二首

（附：缺字及有疑之作十八首）

南歌子

　　炎熱的夏天過去了，入夜的涼意預告着秋天的來臨。以往，對於這種節序的變遷，女詞人一直得很平常。然而今年，由於丈夫遠離，她忽然產生了一種異樣的感覺，一種分明的、但又説不清的煩悶與不安。她於百無聊賴之餘，惟有拈起筆，把內心的波動如實地記錄下來。

　　天上星河轉，人間簾幕垂[1]。涼生枕簟淚痕滋。起解羅衣，聊問夜何其[2]？　　翠貼蓮蓬小，金銷藕葉稀[3]。舊時天氣舊時衣，只有情懷，不似舊家時[4]！

注釋

1　　"天上"二句：燦爛的銀河，漸漸轉移了方向；千家萬戶，又開始把簾幕垂放下來。

　　　星河轉：銀河在夏季成南北向橫越天際，逐日轉移，到秋天則成東西向。**簾幕垂**：指懸掛簾幕以遮擋寒氣。簾幕，一作"翠幕"。

2　　"涼生"三句：枕頭和蓆子透出陣陣涼意，孤獨的淚水沾濕了我的臉頰。沒奈何，只好爬起來，把羅衣換了再睡，一邊隨口問侍兒："眼下是夜裏什麼時刻了？"

簾‧竹蓆。**羅**；一種輕而薄的織物。**夜何其**：《詩‧庭燎》："夜如何其？夜未央。"其，音"譏"，語助詞。

按：此三句是暗指夜涼獨處，懷人不寐。

3　"**翠貼**"二句：池子裏的荷花已經落盡，小小的蓮蓬只剩下一層綠衣包裹着，就連那亭亭如蓋的荷葉，也日見枯黃，所餘無幾了。

金銷：形容枯黃凋謝。

4　"**舊時**"三句：天氣還是往年那樣的天氣，衣裳也還是往年那身衣裳，可是我此刻的心情，卻同往年全不一樣！

舊家：從前。

漁家傲

此詞通過一個夢境的描寫，抒發了女詞人欲乘長風、破萬里浪的豪情勝概，寄寓了她要衝破社會傳統勢力的束縛和限制，追求自由和光明的強烈願望。筆力雄健，感情奔放。正如《藝蘅館詞選》所云："此絕似蘇、辛派，不類《漱玉集》中語。"

天接雲濤連曉霧，星河欲轉千帆舞[1]。彷彿夢魂歸帝所，聞天語，殷勤問我歸何處[2]。

我報路長嗟日暮，學詩漫有驚人句[3]。九萬里風鵬正舉，風休住，蓬舟吹取三山去[4]。

注釋

1 **"天接"二句**：雲濤奔湧，曉霧迷漫，連接着茫茫天空。燦爛的銀河彷彿在盤旋移動。浪峯波谷中，無數船帆正在出沒翔舞。

2 **"彷彿"三句**：夢幻中，我好像飛近了天上的瓊樓玉宇，聽見上帝的聲音在問我："你匆匆忙忙打算到什麼地方去？"
   帝所：上帝所居之處。《史記·扁鵲列傳》："昔秦穆公嘗如此，七日而寤。寤之日，告公孫支與子輿曰：'我之帝所甚樂。'"

3 **"我船"二句**：我曾生說："我要去的地方很遠，只發愁天
黑得太快。我正學習寫詩，有一些驚人之句，但也就是如
此而已。"

驚人句：杜甫《江上值水如海勢聊短述》詩："為人性僻耽
佳句，語不驚人死不休。"

按：此數句是暗示自己有更遠大的抱負，並不僅僅以做一
個詩人為滿足。

4 **"九萬"三句**：浩浩長風吹動了，大鵬已經展開了矯健的翅
膀要飛行九萬里的行程，請千萬別把風停住，就讓它帶着
我的小船，一直把我吹送到三神山去吧。

九萬里風鵬正舉：《莊子‧逍遙遊》："窮髮之北，有冥海
者，天池也。……有鳥焉，其名為鵬，背若泰山，翼若垂
天之雲，摶扶搖羊角而上者九萬里。"**三山**：《史記‧封禪
書》："自威、宣、燕昭使人入海，蓬萊、方丈、瀛洲，此
三神山者，其傳在渤海中……未至，望之如雲，及到，三
神山反居水下。臨之，風輒引去，終莫能至云。"此處借
喻理想之境界。

按：此理想境界到底是什麼，於作者始終是朦朧。這也是
時代所限，未可苛求。

如夢令

這是一首追記早年一次遊樂的作品。從所描述的情景來看,當時女詞人還很年輕,也許甚至尚未出嫁。然而,那天真爛漫的少女情懷,那無拘無束的兒時戲耍,轉眼之間,就永遠地結束了。也許正因這個緣故,所以直到許多年之後,作者還滿懷眷戀地回憶起那歡快熱鬧的一幕——

　　常記溪亭日暮,沉醉不知歸路[1]。興盡晚回舟,誤入藕花深處[2]。爭渡、爭渡,驚起一灘鷗鷺[3]。

注釋

1　"常記"二句:最忘不了那一次:溪亭一帶,已經是日落黃昏。我們一羣小姊妹全都喝得醉醺醺的,誰也想不起該打槳回家。

2　"興盡"二句:一直玩到天快黑了,興致也盡了,才急急忙忙地掉轉船頭,卻糊裏糊塗地鑽到荷花深處,找不着路了。

　　晚:一作"欲"。藕花:一作"芙蕖"。

　　按:據今人岳國鈞考訂:溪亭在山東濟南,"藕花深處"即大明湖西之地。(見《文學遺產》1981 年第 1 期)

3 　"爭渡"二句：這一下，大家不禁着慌起來，於是吵啊，嚷
　　啊，都爭先恐後更將船兒划出去。結果把棲息在湖灘上的
　　沙鷗和白鷺，嚇得成羣地驚飛起來……

　　一灘：一作"一行"。

如夢令

　　這是一首膾炙人口的名作。其中尤以"知否、知否"一聲疊問，和"綠肥紅瘦"這個工巧貼切的形容受到詞評家的一致激賞。但也有從整首詞着眼的，例如《蓼園詞選》説："一問極有情，答以'依舊'，答得極淡，跌出'知否'二句來，而'綠肥紅瘦'無限淒婉，卻又妙在含蓄。短幅中藏無數曲折，自是聖於詞者。"《雲韶集》也説："只數語中層次曲折有味，世徒稱其'綠肥紅瘦'一語，猶是皮相。"這些看法，應當説是有道理的。

　　昨夜雨疏風驟，濃睡不消殘酒[1]。試問捲簾人，卻道海棠依舊[2]。知否、知否？應是綠肥紅瘦[3]。

注釋

1　"昨夜"二句：依稀記得昨天夜裏風颳得挺緊，彷彿還下了幾滴雨。後來迷迷糊糊就睡熟了。早上醒來，頭還有點暈乎乎的——酒氣還未全消呢！

2　"試問"二句：只好依舊靠在枕上，等侍兒走來捲簾子時，就趕緊問：“園子裏的海棠花怎麼樣了？”誰知，卻得了個漫不經心的回答：“花麼？還不是老樣子⋯⋯”

3　　“知否”二句：“哎，你知道麼，知道麼？這陣子，該已是‘綠肥紅瘦’了！”

多麗

　　此詞有兩個題目。《樂府雅詞》作“詠白菊“，《歷代詩餘》作“蘭菊”。當以後者為是。作者讚美了蘭和菊不同流俗，高潔自持的優秀品質，於憂慮韶華易逝，芳菲不再的同時，表達了對眼前景況的依戀，其中顯然有女詞人自己的影子在內。

　　小樓寒，夜長簾幕低垂[1]。恨蕭蕭、無情風雨，夜來揉損瓊肌[2]。也不似、貴妃醉臉，也不似、孫壽愁眉。韓令偷香，徐娘傅粉，莫將比擬未新奇[3]。細看取、屈平陶令，風韻正相宜[4]。微風起，清芬醞藉，不減酴醾[5]。　　漸秋闌，雪清玉瘦，向人無限依依[6]。似愁凝、漢皋解佩，似淚灑、紈扇題詩[7]。朗月清風，濃煙暗雨，天教憔悴度芳姿[8]。縱愛惜，不知從此，留得幾多時[9]。人情好，何須更憶，澤畔東籬[10]。

注釋

1　　“小樓”二句：瑟瑟的寒意透進了小小的閣樓，夜變得長

072

了，門窗的簾幕低低地垂掛着。

2　　"恨蕭蕭"二句：只恨那蕭蕭的風雨過於無情，一夜的工夫
　　　就把它們冰清玉潔的肌膚給揉皺了。

　　　瓊肌：比喻蘭菊的花朵。

3　　"也不似"五句：這些花朵啊，既不像貴妃的醉臉那樣豐
　　　腴富態，也不像孫壽的愁眉那樣妖冶媚人。就連偷香的韓
　　　壽，傅粉的徐娘，也未足為奇，不能借以類比它們。

　　　貴妃醉臉：《松窗雜錄》載：唐玄宗時中書舍人李正封作牡
　　　丹花詩，有句云："天香夜染衣，國色朝酣酒。"玄宗聞之，
　　　嗟賞移時。楊妃方恃恩寵，玄宗笑謂妃曰："妝鏡臺前，宜
　　　飲以一紫金盞酒，則正封之詩見矣。"孫壽愁眉：《後漢
　　　書·梁統列傳》："壽色美而善為妖態，作愁眉、啼妝、墮
　　　馬髻、折腰步、齲齒笑，以為媚惑。"韓令偷香：《世說新
　　　語·惑溺》載，韓壽美姿容，賈充辟以為掾。賈女窺而悅
　　　之，遂成私情。賈家故有外國所貢奇香，韓因女而染之。
　　　賈充察覺，秘而不宣，卒以女妻韓壽。（按：韓為掾，非為
　　　令，"令"字疑有誤。）徐娘傅粉：是句疑亦有誤，傅粉為
　　　何郎事──《世說新語·容止》："何叔平（晏）美姿容，面
　　　至白。魏明帝疑其傅粉。正夏月，與熱湯餅，既啖，大汗
　　　出，以朱衣自拭，色轉皎然。"

　　　按："貴妃"句謂菊，"孫壽"句謂蘭；"偷香"喻其氣味，"傅
　　　粉"喻其顏色。

4　　"細看"三句：仔細看來，只有拿孤傲高潔的屈原和陶潛兩
　　　位大詩人，來比喻它們的風度和情韻，才真正貼切。

5　　"微風"三句：微風拂過，它們的香氣是那樣的清新溫雅，

並不遜於遲春而開的酴醾花！

醞藉：同蘊藉，寬和有涵容。**酴醾**：亦稱“荼蘼”、“佛見笑”，薔薇科，落葉灌木，初夏開白色重瓣花朵。蘇軾《杜沂遊武昌以酴醾花菩薩泉見餉二首》詩其一：“酴醾不爭春，寂寞開最晚”。

6 **“漸秋”三句**：秋天漸漸過完了，它們如雪似玉的花朵，越加顯得清減瘦削了，那無限依戀的情態多麼動人！

7 **“似愁”二句**：啊，當鄭交甫在漢水之畔同神女相遇，發現她們解贈的珠佩轉眼成空的時候；或者班婕妤耽憂遭到遺棄，因而借紈扇為喻，題詩寄意的當兒，大概也是這種神情的罷？

漢皋解佩：《太平御覽》卷八〇三引《列仙傳》：“鄭交甫將往楚，道之漢皋臺下，有二女，珮兩珠，大如荊雞卵。交甫與之言，曰：‘欲子之佩。’二女解與之。既行返顧，二女不見，佩亦失矣。”**紈扇題詩**：《文選》載班婕妤《怨歌行》：“新裂齊紈素，皎潔如霜雪。裁為合歡扇，團團似明月。出入君懷袖，動搖微風發。常恐秋節至，涼風奪炎熱。棄捐篋笥中，恩情中道絕。”

8 **“朗月”三句**：情況常常是這樣：才過得幾天朗月清風的美好辰光，接着就得遭受濃煙暗雨的作踐。老天爺總不肯讓這些可愛的花草無憂無慮地過日子。

9 **“縱愛”三句**：縱使你再喜愛它們，千方百計地維護它們，又怎知道，今後它們還能保留多久？

10 **“人情”三句**：花兒啊，不管怎麼樣，這裏的人們都是真心實意對你好的，那麼你就安心住下去吧，用不着再想着那屈原式的流放生涯和陶潛式的隱居日子了。

澤畔：指屈原式的流放生涯。《楚辭‧漁父》：“屈原既放，遊於江潭，行吟澤畔，顏色憔悴，形容枯槁。”按：因屈原嘗以美人香草自喻，又有“紉秋蘭以為佩”之句，故以此扣詠蘭。東籬：指陶潛式的隱居生活。陶潛《飲酒》詩其五：“采菊東籬下，悠然見南山。”此句扣詠菊。

菩薩蠻

這首詞當是作者早期的作品，自從嫁給趙明誠之後，夫妻感情甚篤，兼之生活安定，所以女詞人的心境是頗為歡快的。雖然詞中也提到懷念家鄉的話，不過看得出來，她無非是嘴上說說而已。倒是因為這一點，卻使這首詞，活現了一位心滿意足但又故作愁語的聰明少婦的微妙心態。

風柔日薄春猶早，夾衫乍著心情好[1]。睡起覺微寒，梅花鬢上殘[2]。　　故鄉何處是？忘了除非醉。沉水臥時燒，香消酒未消[3]。

注釋

1　"風柔"二句：柔和的風輕輕地吹着，淡淡的日光鋪灑下來，眼下還是早春的天氣。我剛換上了輕盈的夾衫，心情也頓時愉快起來。

2　"睡起"二句：剛剛睡醒起來，還微微感到一點寒意。忽然想起，插在鬢邊的一朵梅花，它已經給壓壞了。

3　"故鄉"四句：我的故鄉在哪裏？要不想它，除非喝醉了酒才行！記得薰爐裏的沉香是睡覺時才點燃的，如今香氣已經散盡，可是我的頭還有點暈忽忽的，看來酒氣還未全消呀！

沉水：香名。《太平御覽》卷九八二引《南州異物志》：「沉水香出日南，欲取，當先斫壞樹著地。積久，外皮朽爛。其心至堅者，置水則沉，名沉香。」

菩薩蠻

　　此詞運用簡練精粹的筆墨，抓住準備、等待、失望等一系列行為細節，把立春之日，一位急於出外遊賞玩耍的深閨少婦的興奮不安心理，表現得十分傳神。

　　歸鴻聲斷殘雲碧。背窗雪落爐煙直[1]。燭底鳳釵明，釵頭人勝輕[2]。　　角聲催曉漏，曙色回牛斗[3]。春意看花難，西風留舊寒[4]。

注釋

1　　"歸鴻"二句：北歸雁兒的叫聲越去越遠，聽不見了。天上殘留的雲，彷彿透出了淡淡的綠影。屋子背後，積雪不時從窗前掉落，薰爐裏的香煙聯成了一道徐徐上升的直綫……

2　　"燭底"二句：女子頭上的鳳形金釵在紅燭的映照下閃閃發光。釵頭還特意加插了人勝，越加顯得美麗輕盈。
　　　人勝：《荊楚歲時記》："人日剪綵為人，或鏤金箔為人，亦戴之頭鬢。又造花勝以相遺。"又據孟元老《東京夢華錄》載，宋時風俗，於立春日戴幡勝。

3　　"角聲"二句：銅壺滴漏還在慢吞吞地嘀嗒着，可是報曉的號角嗚嗚地吹響了。在牛宿和斗宿之間，已經呈現出淡淡的曙色。

曙色：一作"霽色"。**牛斗**：指二十八宿中的牛宿和斗宿二星。

4　**"春意"二句**：只是，春天雖說已經開始，西風所帶來的嚴寒卻未曾消退，想出去遊耍看花，只怕還辦不到。

浣溪沙

　　這是一首懷念遠行丈夫的作品，起二句寫夢境，三句寫晚鐘應夢，下闋轉入醒後之情狀，中間卻不點破，只讓讀者通過前後環境氣氛的變化對比來尋味體會。周邦彥常用此法。

　　莫許盃深琥珀濃，未成沉醉意先融，疏鐘已應晚來風[1]。　　瑞腦香消魂夢斷，辟寒金小髻鬟鬆，醒時空對燭花紅[2]。

注釋

1　"莫許"三句：深深的杯盞裏注滿了琥珀色的美酒，且別誇讚它是多麼的濃烈，須知用不着喝到昏醉，我們的情意早就親密交融了。如今正是傍晚時分，輕風徐來，還傳來了聲聲遠鐘……

　　琥珀：形容酒的顏色。李白《客中作》詩："蘭陵美酒鬱金香，玉椀盛來琥珀光。"

2　"瑞腦"三句：我從夢裏驚醒，簪着金釵的髻鬟鬆鬆地拖在枕邊，瑞腦香已經焚盡，連香氣都消失了，只有蠟燭還冷清清地照着，卻結了一個又紅又大的燭花。

瑞腦：香名。段成式《酉陽雜俎》："天寶末，交趾貢龍腦，如蟬蠶形。波斯言老龍腦樹節方有。禁中呼為瑞龍腦。上惟賜貴妃十枚，香氣徹十餘步。"**辟寒金**：指金釵。王嘉《拾遺記》："昆明國貢嗽金鳥，形如雀而色黃，羽毛柔密，常吐金屑如粟，鑄之可以為器。此鳥畏霜雪，乃起小屋處之，名曰辟寒臺。宮人爭以鳥吐之金，用飾釵佩，謂之辟寒金。"

浣溪沙

　　小令，以其篇幅短小，容量有限，無法作反覆之鉤勒渲染，亦難以單純憑氣勢取勝，所以其實不易討好。高明的作者往往從情調方面下工夫，這首詞通過“深”、“沉”、“陰”三韻，再加上“無語”、“薄暮”等字眼，給全詞定下了基本色調，並由此出發去滲潤點染，遂使這幅暮春小景顯得統一和諧，富有情致，而無支離浮散之病。

　　小院閒窗春色深，重簾未捲影沉沉，倚樓無語理瑤琴[1]。　　遠岫出雲催薄暮，細風吹雨弄輕陰，梨花欲謝恐難禁[2]。

注釋

1　“小院”三句：小小的庭院，靜靜的窗子。周遭的春色越來越深濃了。雙層的暖簾垂掛着，給室內投下了沉沉的暗影。我靠在閣樓上，默默無言，撫弄着案上的瑤琴。

2　“遠岫”三句：從遙遠的山後湧起的浮雲，加速了黃昏的迫近。輕柔的風送來了絲絲細雨，使天空又暗了下來。梨花也快要凋謝了，這教人如何禁受得了啊！
　　岫：《廣韻》：“山有穴曰岫”。雲：一作“山”。

楊慎評“遠岫出雲”句云：“景語、麗語。”（《批點本草堂詩餘》）

《便讀草堂詩餘》云：“寫出閨婦心情，在此數語。”

沈際飛本《草堂詩餘》云：“雅練。欲謝難禁，淡語中致語。”

又：此首各本有誤作歐陽修、周邦彥、吳文英詞者。

浣溪沙

此詞前五句俱屬平平，惟是結末一句，情調絕佳，故能挽回頹勢，使全詞頓然增色。

淡蕩春光寒食天，玉爐沉水裊殘煙，夢回山枕隱花鈿[1]。　海燕未來人鬥草，江梅已過柳生綿，黃昏疏雨濕秋千[2]。

注釋

1　"淡蕩"三句：融和的春光四處浮蕩，不知不覺又到了寒食時節。玉薰爐裏，沉香已經燃盡，正飄散出最後一縷輕煙。我一覺醒來，懶懶地不想起身，於是又把頭連同花鈿一道埋進枕衾裏，再耽擱一會兒。
寒食：《荊楚歲時記》："去冬節一百五日，即有疾風甚雨，謂之寒食。"亦有稱一百六日為寒食者。如唐元稹《連昌宮詞》詩："初過寒食一百六，店舍無煙宮樹綠。"**山枕**：指馬鞍形的枕。以其形又如山岳，故云。**花鈿**：婦女頭面上之妝飾物。鈿，金花也。

2　"**海燕**"三句：到南方過冬的燕子還沒有回來，但是人們已經玩起鬥草的遊戲。沿江一帶，想必也是一派寒梅落盡，翠柳揚花的光景。傍晚時分，忽然下起小雨，把院子裏的秋千架打濕了。

海燕：秋後燕子南飛，古人以為到海上，故名海燕。唐沈
佺期《獨不見》詩："盧家少婦鬱金堂，海燕雙棲玳瑁梁。"

未來：一作"歸來"。**鬥草**：《荊楚歲時記》："五月五日，
四民並蹋百草，又有鬥草之戲。"

鳳凰臺上憶吹簫

此為憂愁丈夫遠行之作，一片真情，噴薄而出，盤旋而下，不假雕飾，都成妙句。

香冷金猊，被翻紅浪，起來慵自梳頭。任寶奩塵滿，日上簾鉤[1]。生怕離懷別苦，多少事、欲說還休[2]。新來瘦，非干病酒，不是悲秋[3]。

休休！這回去也，千萬遍《陽關》，也則難留。念武陵人遠，煙鎖秦樓[4]。惟有樓前流水，應念我、終日凝眸。凝眸處，從今又添，一段新愁[5]。

注釋

1 "香冷"五句：猊猊形的香爐早就冷掉了。無心疊拾的錦被，像一堆紅色的波浪亂掀在牀榻上。儘管太陽已經升到了簾鉤子的位置，我也早早起來了，可是對着沾滿灰塵的雕花妝奩，還是懶懶地不想梳頭。

　　慵自：一作"人未"。塵滿：一作"閒掩"。

2 "生怕"二句：我空自有滿腔心事，但生怕一開口，就把離別的悲愁苦恨全都牽引出來，只好又閉口不說。

3 　“新來”三句：近日來我確實瘦減了。但是這並不是因為害酒病，更不是因為秋天到來，引起了悲感。

新來：一作“今年”。非干：一作“非關”。

按：《雲韶集》評云：“‘新來瘦’三語，婉轉曲折，煞是妙絕。”

4 　“休休”六句：罷了，罷了！他這一回要離我而去，任憑我把《陽關曲》唱上千遍萬遍，也很難使他改變主意。可以設想，當他像那個武陵漁人那樣，捨棄了“桃源仙境”，越走越遠時，倘若他再回望來路，也只能看着煙一片，再也找不到“秦人”所居住的地方了。

休休：一作“明朝”。**《陽關》**：即《渭城曲》。唐王維作。其詞：“渭城朝雨浥輕塵，客舍青青柳色新。勸君更進一杯酒，西出陽關無故人。”後樂工增衍為《陽關三疊》，成為別筵上流行的曲子。此借指離別之曲。**武陵人**：晉陶潛作《桃花源記》云，晉太元年間，有一武陵漁人，誤入桃花源中，見一和平寧靜之村落，其人先世係秦時避亂至此者，遂與外界隔絕，“不知有漢，無論魏晉”。漁人居數日辭歸，及再至，則迷路而返。後人常以“桃源”喻理想之生活境界。**人遠**：一作“春晚”。**煙鎖**：一作“雲鎖”。**秦樓**：指桃源中秦人所居之樓，此喻女詞人居處之所。有謂秦樓指秦穆公女弄玉之樓，或古詩《陌上桑》中之“秦氏樓”者，均非。

按：從對方設想，是深情語。

5 　“惟有”五句：如今只有樓前流水才會知道，為什麼我一天到晚凝望着遠方？須知我凝望之處，就是他要去的地方，從今以後，我將被新的愁恨苦苦折磨了！

惟有：一作“記取”。流水：一作“綠水”。從今：一作“從今去”。又添一段：一作“更數幾段”。

按：寄意流水，是欲藉之傳達消息。

沈際飛本《草堂詩餘》評此詞云：“順說出妙，瘦為甚的，尤妙。千萬遍，痛甚。轉轉折折，忭合萬狀。清風朗月，陡化為楚雨巫雲；阿閣洞房，並變成離亭別墅，至文也。《草堂詩餘雋》云：“水無情於人，人卻有情於水。”“寫出一種臨別心神，而新瘦新愁，真如秦女樓頭，聲聲有和鳴之奏。”《風韻詞情》云：“雨洗梨花，淚痕有在，風吹柳絮，愁思成團。易安此詞頗似之。”

一剪梅

　　丈夫遠行，幽閨獨守，一種相思，無限離愁。此詞十二句中，“獨上”句是一折，“雁字”句又是一折，“花自”句一折，至“纔下”、“卻上”更暗藏二折。轉折處無不出人意表，又無不恰如人意。兼之景景藏情，情情有景，極盡委曲盤旋之致，所以特妙。至於起句之精秀，結二句之深警，猶屬其次。

　　紅藕香殘玉簟秋，輕解羅裳，獨上蘭舟[1]。
雲中誰寄錦書來，雁字回時，月滿西樓[2]。
　　花自飄零水自流，一種相思，兩處閒愁[3]。
此情無計可消除，纔下眉頭，卻上心頭[4]。

注釋

1　“紅藕”三句：粉紅色的蓮花，香氣已經日見淡薄了。光潔如玉的竹蓆變得涼瑟瑟的，彷彿散發着秋意。我把輕而薄的羅衣換掉，獨自登上了一隻木蘭小船。
　　簟：竹蓆子。蘭舟：即木蘭船。任昉《述異記》：“木蘭舟在潯陽江中，多木蘭樹，昔吳王闔閭植木蘭於此，用構宮殿也。七里洲中有魯班刻木蘭為舟，舟至今在洲中。詩家云

'木蘭舟'，出於此。"此借指堅美之舟，非實由木蘭樹所構。

按：《兩般秋雨庵隨筆》云："易安《一剪梅》詞起句'紅藕香殘玉簟秋'七字，便有吞梅嚼雪，不食人間煙火氣象，其實尋常不經意語也。"《雲韶集》載梁紹壬謂："只起七字已是他人不能到，結更淒絕。"

2　"雲中"三句：啊，成行的大雁又從北方飛回來了，莫非在那縹緲的雲端，它們正在給誰傳遞家信麼？唉，回望我所居住的西樓，今夜只徒然灑滿圓月的銀輝而已！

錦書：《晉書．竇滔妻蘇氏傳》："竇滔妻蘇氏，始平人也。名蕙，字若蘭。善屬文。滔，苻堅時為秦州刺史，被徙流沙。蘇氏思之，織錦為迴文旋圖詩以贈滔，宛轉循環以讀之，詞甚淒惋，凡八百四十字。"後世因以"錦書"、"錦字"代指書信。回：一作"來"。月滿西樓：一作"月滿樓"。

3　"花自"三句：花兒管自紛紛凋落，碧水自匆匆流去。這兩者在我心頭所引起的愁緒雖然各有不同，但原因卻是一個——只為相思之情正苦苦纏繞着我。

按："花自飄零"是暗傷年華易老，"水自流"是暗怨命運無情。

4　"此情"三句：哎，這種感情看來是沒有法子消解得了的，我剛剛勉強把蹙着的眉毛舒展一下，它已經又轉移到心頭堆積起來了。

卻：一作"又"。

楊慎評此詞云："離情欲淚。讀此始知高則誠、關漢卿諸人，又是效顰。"

《詞的》評云："香弱脆溜，自是正宗。"

《草堂詩餘雋》評云："惟錦書、雁字，不得將情傳去，所以一種相思，眉頭心頭，在在難消。"

蝶戀花

晚止昌樂館寄姊妹[1]

宣和三年（1121），作者的丈夫趙明誠經過長期閒置之後，被起用為山東萊州的知州，作者也隨之赴任。這是她途經昌樂時，懷念青州舊居女伴的作品。雖屬家常言語，卻也寫得意懇情真。

淚濕羅衣脂粉滿，四疊陽關，唱到千千遍[2]。人道山長山又斷，蕭蕭微雨聞孤館[3]。　惜別傷離方寸亂，忘了臨行，酒盞深和淺[4]。好把音書憑過雁，東萊不似蓬萊遠[5]。

注釋

1　**館**：館驛。
2　**"淚濕"三句**：（還記得我們分手的那一天），惜別的淚水掺和了臉上的脂粉，把各人的輕羅衣衫滴濕了一大片。當時誰也鬧不清，那傷感的陽關曲已經唱到幾百幾千遍。
　　濕：一作"揾"。**羅**：一作"征"。**滿**：一作"暖"。**四疊陽關**：三疊陽關，見《鳳凰臺上憶吹簫》（香冷金猊）注4（頁113）。這裏清照誤作"四疊"。**唱**：一作"聽"。**到**：一作"了"。

3　　"人道"二句：聽人説，這道山嶺很長，而我已經來到了它的盡頭，正下榻在一所孤零零的館驛裏，傾聽着秋雨在窗外蕭蕭地響成一片。

道：一作"到"。山又斷：一作"水又斷"。蕭蕭：一作"瀟瀟"。

4　　"惜別"三句：由於傷離惜別，直到如今，我的心還是亂糟糟的，甚至連送別的筵席上，我到底喝了多少酒，是怎麼喝下去的，都回憶不起來了。

5　　"好把"二句：只希望今後，你們多多托付那南來北往的雁兒，把音信捎給我，須知東萊離青州再遠，也不至於像蓬萊那樣難到吧！

好把：一作"若有"。東萊：即萊州，今山東掖縣。蓬萊：神話中的海上三神山之一。見《漁家傲》（天接雲濤連海霧）注 4（頁 093）。

蝶戀花

此詞或題作"離情"、"春懷"。這一類題目在《漱玉集》中可以説屢見不鮮。但由於女詞人心思細密、詞筆超妙，因此寫來各具情致。這首詞，她抓住了相思難寐，閒剪燈花這一富有感染力的細節，把閨中少婦的離別情懷表現得深切動人。

暖雨晴風初破凍，柳眼梅腮，已覺春心動[1]。酒意詩情誰與共？淚融殘粉花鈿重[2]。 乍試夾衫金縷縫，山枕斜欹，枕損釵頭鳳[3]。獨抱濃愁無好夢，夜闌猶剪燈花弄[4]。

注釋

1　"暖雨"三句：暖雨溟濛，晴風駘蕩，殘冬的嚴寒被打破了。柳芽兒展開了惺忪的睡眼，梅花綻開了嬌美的笑臉，使人分明感到春神心音的搏動。

晴：一作"和"；一作"清"。柳眼：形容初生的柳葉如人的眼睛。李商隱《二月二日》詩："花鬚柳眼各無賴。"

2　"酒意"二句：別説那飲酒賦詩的豪情雅興，眼前有誰與我作伴呢？不斷滴下的淚珠溶化了臉上殘留的脂粉，連頭上的花鈿也沉重地低垂着。

3　"乍試"三句：只好試着穿起剛剛縫好的金縷夾衫，然後斜
　　挨着枕兒躺下去，可是翻來覆去睡不安穩，連頭上的鳳釵
　　也壓壞了。

　　衫：一作"衣"。斜欹：一作"欹斜"。釵頭鳳：釵是古時
　　婦女頭上的飾物。釵頭鳳即釵上鏤刻的鳳凰。

4　"獨抱"二句：唉，濃重的愁思纏繞着我這孤零的人，只
　　怕再也做不成好夢了。更深夜闌，我只好又起來，拿起剪
　　刀，除去桌上的燈花，漫無意緒地撥弄着、撥弄着……

　　《古今詞統》評此詞云："此媛手不愁無香韻。"《皺水
軒詞筌》評："寫景之工者，如尹鶚 '盡日醉尋春，歸來月
滿身。' 李重光 '酒惡時拈花蕊嗅。' 李易安 '獨抱濃愁無
好夢，夜闌猶剪燈花弄。'……皆入神之句。"

鷓鴣天

這是李清照早期隨丈夫作客外地的作品。面對着寒日殘秋，女詞人儘管照例發出一兩聲慨嘆，但看得出來，她的整個心情卻仍然是愉快、閒適的。

　　寒日蕭蕭上鎖窗，梧桐應恨夜來霜[1]，酒闌更喜團茶苦，夢斷偏宜瑞腦香[2]。　　秋已盡，日猶長，仲宣懷遠更淒涼[3]。不如隨分尊前醉，莫負東籬菊蕊黃[4]。

注釋

1　"寒日"二句：蕭瑟的寒日，向連瑣花紋的窗櫺投進了淡淡的光影，梧桐樹的葉子快要落盡了。這都怪昨夜的寒霜來得過於酷烈。

　　寒：一作"盡"。鎖窗：即瑣窗。形容刻鏤成瑣圖案的窗子。

2　"酒闌"二句：酒筵散後，我總喜歡喝點濃茶來消解一下酒意。當一覺醒來，聞到瑞腦的陣陣香氣，使人覺得特別舒適、寫意。

　　團茶：宋朝一種為進貢而特製的茶。上印龍鳳花紋，又叫龍鳳團，即今之茶餅。《宣和北苑貢茶錄》："太平興國初，特製龍鳳模，遣使臣到北苑造團茶，以別庶飲。"瑞腦：
見《浣溪沙》（莫許盃深琥珀濃）注 2（頁 107）。

3　**"秋已"三句**：秋天已經過去了，但是白晝仍然是那樣的漫
長，要是像當年王粲那樣一天到晚去懷念家鄉，那就未免
過於淒涼了。

　　仲宣：即王粲，三國時"建安七子"之一，有文名。西京
擾亂，他避難到荊州，登當陽縣城樓時，寫了一篇《登樓
賦》，抒發久留客地的思鄉情緒。

4　**"不如"二句**：倒不如隨遇而安，有酒就喝它個醉。又到了
賞菊的時節，可別辜負那東籬下的朵朵黃花啊！

　　尊：古代盛酒的器皿。一作"樽"。

小重山

這是一首早春懷人之作，所懷者誰，已無從稽考。有人因其有模仿唐、五代詞的痕跡，認為當係易安早期的作品。不過，此詞在追求意境、渲染氣氛和表現情感方面，都無疑已經突破《尊前》、《花間》的樊籬，顯示出作者獨特的藝術個性。

春到長門春草青，江梅些子破，未開勻[1]。碧雲籠碾玉成塵，留曉夢，驚破一甌春[2]。

花影壓重門，疏簾鋪淡月，好黃昏[3]。二年三度負東君，歸來也，著意過今春[4]。

注釋

1　“春到”三句：又是“春到長門春草青”的時節，沿江兩岸的梅樹，已經開出了星星點點的花朵，但多數還含苞未放。
　　長門：漢代離宮名，在長安（今陝西省西安市）。《文選》司馬相如《長門賦序》：“孝武皇帝陳皇后，時得幸，頗妒。別在長門宮，愁悶悲思。聞蜀郡成都司馬相如天下工為文。奉黃金百斤為相如、文君取酒。因於解悲愁之辭，而相如為文，以悟主上，陳皇后復得親幸。”

按:《花間集》載唐薛昭蘊《小重山》詞二首,第一首起句
為"春到長門春草青",此用其句。

2　**"碧雲"三句**:清晨起來,我帶着朦朧的睡意,把碧雲般的
茶餅碾成粉末,腦子裏還殘留着曉來的夢境……直到茶罐
子驀地沸騰起來,才把我完全驚醒了。

　　碧雲籠碾:指碾茶。宋時製茶為圓餅形,飲用時先碾後
煮。宋龐元英《文昌雜錄》卷四記韓魏公"不甚喜茶,
無精粗,共置一籠,每盡,即取碾"。又,無名氏《浣溪
沙》詞:"閒碾鳳團銷短夢",為此三句之所本。**曉**:一作
"晚"。**春**:一作"雲"。

3　**"花影"三句**:傍晚,門戶重重關閉,花樹斑駁的影子,深
印在門扇上。當疏疏的窗簾垂下,初升的月亮就給它抹上
了淡淡的光影——黃昏的景致,是多麼美好!

4　**"二年"三句**:在這兩年當中,我們已經辜負了春神的三次
好意——你快點回來啊,讓我們一心一意享受這個美妙的
春天。

　　東君:原為日神,後演變為春神。此用後一義。南唐成彥
雄《楊柳枝》詞:"東君愛惜與先春。"

　　按:"二年三度",意謂分別兩年,現在是第三度的初春。

怨王孫

此詞《歷代詩餘》題作"賞荷"。作者的詞筆從閨怨、離愁轉到了水波浩渺的湖上，滿懷喜悅地去描寫那水光山色、秋荷汀草，結句頗為別致。表現了一種閒逸自得的心情，當是早年作品。

湖上風來波浩渺，秋已暮，紅稀香少[1]。水光山色與人親，說不盡，無窮好[2]。　蓮子已成荷葉老，清露洗，蘋花汀草[3]。眠沙鷗鷺不回頭，似也恨，人歸早[4]。

注釋

1 "湖上"三句：陣陣涼風吹拂着，湖面上碧波蕩漾，遠接浩渺的天際。秋天將盡，已經難得看見那鮮艷的花朵，嗅到那醉人的芬芳了。
   紅稀香少：一作"紅稀少"。

2 "水光"三句：可那水光山色依然親切迎人，這無限美妙的景致真是難以言傳！

3 "蓮子"三句：顆顆蓮子已經漲滿了蓮房，荷葉卻紛紛凋殘了。岸邊的蘋花小草被清晨的露水洗滌過，顯得分外鮮明。

蘋：水草。汀：水中或岸邊平地。

4　"眠沙"三句：沙灘上歇息的沙鷗和白鷺，好像在生氣似的，連頭也不回一下。它們似乎也在惱恨遊人歸去的太早吧！

　　鷗：水鳥，種類繁多，常見的有"海鷗"、"銀鷗"、"燕鷗"。遍佈海洋及內陸河川。鷺：一種活動於河湖岸邊或水田、澤池的鳥，有"蒼鷺"、"池鷺"等。似也恨：一作"似應也恨"。

臨江仙

　　歐陽公作《蝶戀花》，有"深深深幾許"之句。予酷愛之，用其語作"庭院深深"數闋，其聲[1]即舊《臨江仙》也。

　　此詞作者當寫於流寓江南，丈夫病逝之後。柳綠桃紅的春天，竟引出了她的縷縷愁思⋯⋯

　　庭院深深深幾許？雲窗霧閣常扃[2]。柳梢梅萼漸分明。春歸秣陵樹，人客建安城[3]。　　感月吟風多少事，如今老去無成[4]。誰憐憔悴更凋零。試燈無意思，踏雪沒心情[5]。

注釋

1　　**聲**：聲韻，此指詞牌。

2　　**"庭院"二句**：這幽深曲折的庭院到底有多曲折幽深呢？自從住進了這雲霧繚繞的閣樓之後，我就難得打開窗子去眺望一眼了。

　　　扃：此處作關鎖、關閉之意。

3　　**"柳梢"三句**：嫩綠冒出了柳梢、緋紅點染着梅萼，這一切都變得分明起來。啊！春天想必也該降臨南京一帶的樹木了吧？可嘆如今我卻客居於這遠遠的建安城！

秣陵：指建康，即今南京市。**人客**：一作"人老"。**建安**：今福建建甌。一作"建康"。

按：清照曾隨明誠居建康，明誠病逝亦葬於此。"春歸秣陵樹"，觸景懷人，幽思如縷。

4　"感月"二句：對月感懷、臨風歌詠，當年的生活是多麼豐富多彩。如今老了，卻只覺得一事無成。

感月吟風：即後人所謂"吟風弄月"，一般指作詩詞。

5　"誰憐"三句：有誰憐惜我容顏憔悴，身世凋零。元宵節快到，待要同大家試燈吧？我總覺着沒意思。就是到外面去賞雪，也沒有這份心情了。

試燈：舊俗，元宵節前張燈預賞。

末兩句一作"燈花共結蕊，離別共傷情。"

醉花陰

這首詞寫於重陽節，黃昇《花菴詞選》題作"九日"。當是寫於作者婚後不久，丈夫離家遠遊之時。"每逢佳節倍思親"，此詞以細膩的筆觸，着意地刻劃了新婚少婦幽閨獨處、懷人無奈的情態，天真淡雅，風致嫣然。結三句尤為歷代評家所激賞。

薄霧濃雲愁永晝，瑞腦銷金獸[1]。佳節又重陽，玉枕紗廚，半夜涼初透[2]。　　東籬把酒黃昏後，有暗香盈袖[3]。莫道不銷魂，簾捲西風，人比黃花瘦[4]。

注釋

1　"薄霧"二句：才守得薄霧消散，又來了滿天濃雲……這愁人的白晝為什麼這樣長啊！連銅爐裏的香料都已經燒盡了。雲：一作"霧"。瑞腦：見《浣溪沙》（莫許盃深琥珀濃）注2（頁107）。銷：一作"噴"。金獸：獸形的銅香爐。金，一作"香"。

2　"佳節"三句：又是重陽佳節了。如今一到夜深，陣陣涼意就從白磁枕上、薄紗帳外透到身上來了。

佳：一作"時"。玉：一作"寶"。紗厨：即碧紗厨，以木
作架子，穿上紗帳，中間可放牀，用以避蚊蠅。厨，一作
"窗"。涼：一作"愁"；一作"秋"。

按：此三句暗指孤衾獨擁，夜深難寐。

3　**"東籬"二句**：黃昏時分，我曾在東籬畔飲酒賞菊，這會兒
衣袖裏彷彿還注滿了醉人的幽香。

東籬：見《多麗》（小樓寒）注 10（頁 101）。

4　**"莫道"三句**：且別説此時此際可以暫時忘卻憂愁，當西風
捲起簾子時，你可看見，簾內的人兒比簾外的菊花還要清
瘦呢！

比：一作"似"。黃花：菊花。

按：此三句為設想中對答之辭，一種嬌癡怨艾之態，竟以
如此工巧俊雅之語傳出，所以特妙。詞評家有但賞其比喻
之新巧者，猶屬皮相。

又：伊士珍《瑯嬛記》載："易安以重陽《醉花陰》詞函致
趙明誠，明誠嘆賞……務欲勝之，一切謝客，忘食忘寢者
三日夜，得五十闋。雜易安作，以示友人陸德夫。德夫玩
之再三，曰：'只三句絕佳。'明誠詰之，答曰：'莫道不
銷魂，簾捲西風，人比黃花瘦。'正易安作也。"

好事近

　　風吹花落，深閨獨處，女詞人內心的一縷愁思又被牽引起來。下闋以幽怨的夢、啼鵑悲鳴作結，把離情別緒渲染得更其深沉。

　　風定落花深，簾外擁紅堆雪[1]。長記海棠開後，正傷春時節[2]。　　酒闌歌罷玉尊空，青缸暗明滅[3]。魂夢不堪幽怨，更一聲啼鴃[4]。

注釋

1　"風定"二句：風住了。地上的落花積得更厚了。它們堆在簾子外面，像紅霞、像白雪……

2　"長記"二句：這是錯不了的，每年當海棠開過之後，就該為春天的逝去而傷感了。

3　"酒闌"二句：美妙的歌聲已經停止，白玉酒杯已經喝乾，熱鬧的酒筵散了。如今陪伴我的，只有忽明忽滅的一盞青燈。
　　青缸：青燈。李白《夜坐吟》詩："青缸凝明照悲啼。"

4　"魂夢"二句：也許睡夢中能夠與他相會？誰知那情景卻是如此哀怨難堪——驀地我驚醒過來，又是那討厭的鵜鴃在切切悲啼！

啼鴂：鵙鴂，或云即杜鵑。按：辛棄疾《賀新郎》詞："綠
樹聽鵜鴂，更那堪、杜鵑聲住，鷓鴣聲切。"作者自注云：
"鵜鴂、杜鵑實兩物，見《離騷補注》。"《楚辭·離騷》："恐
鵜鴂之先鳴兮，使百草為之不芳。"洪興祖補注："子規一
名杜鵑……子規、鵙鴂（鵜鴂），二物也。"

訴衷情

　　此詞擷取了深閨生活中若干最平常而又最富有表現力的細節，以工緻傳神的筆墨，把女詞人在特定環境下的心理情態真實地表達出來。所謂寫他人所不能寫，道他人所不能道，所以特妙。

　　夜來沉醉卸妝遲，梅萼插殘枝[1]。酒醒熏破春睡，夢遠不成歸[2]。　人悄悄，月依依，翠簾垂[3]。更接殘蕊，更撚餘香，更得些時[4]。

注釋

1　"夜來"二句：晚上喝了不少的酒，醉醺醺的回到臥室卸妝。已是夜深時分，糊里糊塗就睡下了，連插在鬢上的一枝梅花都還沒有卸下來呢。
　　萼：一作"蕊"。

2　"酒醒"二句：朦朦朧朧中聞到一陣陣花香，終於又醒來了，卻再也睡不着。剛才分明夢見，在很遠很遠的地方，我終於找到他了，可是，卻到底沒能把他帶回家來……
　　遠：一作"斷"。

3　"人悄"三句：人聲悄悄，明月依依，只有翠色的簾子靜靜地低垂着……

4   "更挼"三句：沒奈何，只好拈起枕上那被壓殘了的花枝，
     輕揉着、撚弄着，好歹打發這無聊難耐的辰光。

     挼：搓揉。**更撚**：一作"再撚"。

行香子

這首詞《歷代詩餘》題作《七夕》，每年七月七日，相傳是牛郎織女相會之期。此詞寄托了作者對這雙堅貞而不幸的情侶的深切同情。雖是尋常題目，也寫得優美動人。

草際鳴蛩，驚落梧桐，正人間天上愁濃[1]。雲階月地，關鎖千重。縱浮槎來，浮槎去，不相逢[2]。　星橋鵲駕，經年纔見，想離情別恨難窮[3]。牽牛織女，莫是離中？甚霎兒晴，霎兒雨，霎兒風[4]。

注釋

1　"草際"三句：蟋蟀在草叢中嚁嚁地鳴叫起來，梧桐樹的葉子彷彿受到驚嚇，片片掉落。不管是蕭瑟的人間，還是寥廓的天上，情侶們的心情恐怕都是最不好受的了。

　　蛩：蟋蟀。

2　"雲階"五句：我想像那雲為階、月為地的天宮之上，恐怕也一樣關鎖重重。所以縱然有那輕靈的小船搖過來、搖過去，他們仍舊無法相逢。

雲階月地：以雲為階、以月為地，泛指天上。杜牧《七夕》詩："雲階月地一相過，未抵經年別恨多。"月地，一作"月色"。**千重**：一作"千里"。**浮槎**：槎，小筏、小船。此處指來往天上的小船。張華《博物志》載："舊說云：天河與海通。近世有人居海渚者，年年八月有浮槎，去來不失期。人有奇志，立飛閣於槎上，多齎糧乘槎而去。"

3　**"星橋"三句**：誠然還有烏鵲給他們架起天橋，可是一年一度相見，那離情別恨又怎能訴說得盡？

　　星橋：相傳七月七日烏鵲造橋，牽牛織女相會。橋名烏鵲橋，亦名星橋。**"鵲"**：一作"鶴"。

4　**"牽牛"五句**：那牛郎織女，莫非又要離別了麼？要不，為什麼好端端地一會兒晴，一會兒下雨，一會兒又颳起風來呢！

　　霎兒：一作"一霎"。

孤雁兒

世人作梅詞，下筆便俗。予試作一篇，乃知前言不妄耳。

詞人墨客喜詠梅，但欲自出機杼殊非易事。這首詞作者借詠梅寄托了對亡夫的哀思，下筆層層遞進，讀來真切動人。

藤牀紙帳朝眠起，說不盡無佳思。沉香斷續玉爐寒，伴我情懷如水[1]。笛聲三弄，梅心驚破，多少春情意[2]。 小風疏雨蕭蕭地，又催下千行淚[3]。吹簫人去玉樓空，腸斷與誰同倚。一枝折得，人間天上，沒個人堪寄[4]。

注釋

1 "藤牀"四句：早上，從藤牀紙帳中起來，悵悵的也說不清是為什麼，只覺得事事都提不起興致。焚燒着沉香的爐子冷了，只有那裊裊餘煙，若斷若續，伴着我這似水的情懷……**藤牀**：藤製的牀。朱敦儒《念奴嬌》詞："照我藤牀涼似水。" **紙帳**：《遵生八牋》卷八載："用藤皮繭紙纏於木上，以索緊勒，作縐紋；不用糊，以綾拆縫縫之。頂不用紙，以稀布為頂，取其透氣，或畫以梅花，或畫以蝴蝶，自是分外清致。"此是尋常之紙帳。另《山家清事》載梅花紙帳："法用獨牀，傍植四黑漆柱，各掛以半錫瓶，插梅數枝，後設黑漆板，約二尺，自地及頂，欲靠以清坐。左右設橫木一，可掛衣。角安斑竹書貯一，藏書三四，掛白麈一。上作大方目頂，用細白楮衾作帳罩之。前安小踏牀，於左植綠漆小荷葉一，實香鼎，燃紫藤香。中只用布單、楮衾、菊枕、蒲褥。"沉香：見《菩薩蠻》（風柔日薄春猶早）注3（頁103）。"斷續"：一作"煙斷"。

2　"笛聲"三句：不知何處傳來悅耳的笛聲，大概梅花也動了心吧，竟綻開朵朵花蕾──帶來了多少春天的氣息啊！

　　笛聲三弄：《世說新語‧任誕》："王子猷出都，尚在渚下。聞桓子野善吹笛，而不相識。遇桓於岸上過。王在船中。客有識之者，云是桓子野。王便令人與相聞云：'聞君善吹笛，試為我一奏。'桓時已貴顯，素聞王名，即便回，下車，踞胡牀，為作三調。弄畢，便上車去。客主不交一言。"

3　"小風"二句：一陣微風吹過，飄起了絲絲細雨，蕭蕭索索的，使我滿襟灑不盡的淚水，又被牽引出來。

　　蕭蕭：一作"瀟瀟"。

4　"吹簫"五句：那位吹簫的伴侶已經永遠離我而去了。如今獨自守着這空盪盪的樓閣，愁腸欲斷，有誰與我憑欄共賞──縱然折下一枝梅花，但茫茫人世，渺渺長空，又能寄贈給誰呢！

　　吹簫人去：《列仙傳》："蕭史者，秦穆公時人也，善吹簫……公遂以女妻焉。"

　　按：這幾句是指作者的丈夫趙明誠已去世，流露了無限哀思。

滿庭芳

此詞或題作《殘梅》。上半闋寫出環境，下半闋以情景交融之筆，寫殘梅零落的風致。結句尤覺無限低迴。

小閣藏春，閒窗鎖晝，畫堂無限深幽[1]。篆香燒盡，日影下簾鉤[2]。手種江梅更好，又何必，臨水登樓[3]。無人到，寂寥渾似，何遜在揚州[4]。　從來，知韻勝，難堪雨藉，不耐風揉[5]。更誰家橫笛，吹動濃愁[6]。莫恨香消雪減，須信道，掃跡情留[7]。難言處，良宵淡月，疏影尚風流[8]。

注釋

1　"小閣"三句：小小的閣樓躲藏在春天的懷抱裏，冷清清的窗兒，白晝也關得嚴嚴地，這華美的堂屋有多麼寂靜幽深啊。

2　"篆香"二句：長長的篆香已經燒盡了，殘日的光影，也慢慢落到了簾鉤子下面。

　篆香：《香譜》卷下云："香篆，鏤木為之，以範香塵為篆文，然（燃）於飲席或佛像前，往往有二三尺徑者。"《遵生八牋》卷八有印香，云俱作篆文，疑即一物。

3　　"手種"三句：眼前這江梅是我親手栽下的，不是開得很好麼？又何必到外面去，臨水登樓的四處尋訪！

　　更：一作"漸"。

　　按：此數句是意欲出遊而不得，乃故作自我安慰之語。閨中少婦微妙心態，曲曲寫盡。

4　　"無人"三句：這地方，靜悄悄的沒有一個人來，真是冷清寂寞啊！大約當年何遜客居揚州，早起賞梅，也是這麼一種情味吧？

　　渾似：一作"恰似"。何遜：字仲言，南朝梁代詩人，在揚州賦有《詠早梅》詩。杜甫《和裴迪登蜀州東亭送客逢早梅相憶見寄》詩中有"東閣官梅動詩興，還如何遜在揚州"句。

5　　"從來"四句：我歷來知道，這些以情韻見勝的花朵，總是受不了雨的擠壓，經不起風的搓揉。

　　韻勝：范成大《梅譜·後序》云："梅以韻勝，以格高，故以橫斜疏瘦與老枝怪奇者為貴。"堪：一作"禁"。揉：一作"柔"。

6　　"更誰"二句：不知什麼人吹起了橫笛，偏偏又是《梅花落》的調子，就更勾引起我滿懷的愁緒。

7　　"莫恨"三句：還是不要怨恨淡淡的幽香已日見淡薄，潔白的花朵也漸漸凋零。須知即使一切痕跡都消匿了，美好的情態還始終留在我的心裏。

　　掃跡：蹤跡掃盡。杜甫《贈李白》詩："山林跡如掃。"

8　　"難言"三句：最難以言傳的是，在月色溶溶的良夜，它們那疏落清瘦的姿影，竟依舊那麼嫵媚動人！

玉樓春

此詞《歷代詩餘》題作《紅梅》。然細味詞意，似為以詞代柬，邀友賞梅之作。一派家常口吻，讀來別具情致。

紅酥肯放瓊苞碎，探著南枝開遍未。不知醞藉幾多香，但見包藏無限意[1]。　道人憔悴春窗底，悶損闌干愁不倚。要來小酌便來休，未必明朝風不起[2]。

注釋

1　"紅酥"四句：那嫩紅的蓓蕾只怕還捨不得拆開美玉般的花瓣，我且向朝南的枝椏打探一下，看看到底開遍了沒有？果然，縷縷幽香都還蘊藏在花心裏，也説不清到底有多少，但那無限春意已經分明可見了。
苞：一作"瑤"。南枝：據傳大庾嶺上梅花，南枝落，北枝開。《猗覺寮雜記》卷上載："梅用南枝事，共知《青瑣》《紅梅》詩云：'南枝向暖北枝寒。'李嶠云：'大庾天寒少，南枝獨早芳。'"醞藉：此處作含蓄解。香：一作"時"。
2　"道人"四句：你這位修道的人啊，春色已經來到窗前，卻

115

為何如此憔悴，總是那麼悶悶的，連到欄杆邊上靠一靠，也提不起勁頭。你要來飲酒賞花便快點來吧，看這天色，明天早上，說不定又要颳風呢！

道人：修道之人。此指作者的朋友。**悶損**：一作"鬧拍"；一作"鬧損"。**酌**：一作"看"。**休**：語助詞，即"罷"、"了"之意。

《靜志居詩話》評："詠物詩最難工，而梅尤不易。林君復'雪後園林纔半樹，水邊籬落忽橫枝'，此為絕唱矣。……朱希真詞'橫枝清瘦只如無，但空裏、疏花幾點。'李易安詞：'要來小酌便來休，未必明朝風不起。'皆得此花之神。"

漁家傲

此詞用比喻、襯托的筆法，點出雪中梅花的姿態、神韻，抒發了女詞人飲酒賞花的飛揚情興。

雪裏已知春信至，寒梅點綴瓊枝膩[1]。香臉半開嬌旖旎。當庭際，玉人浴出新妝洗[2]。

造化可能偏有意，故教明月玲瓏地[3]。共賞金尊沉綠蟻。莫辭醉，此花不與羣花比[4]。

注釋

1　"雪裏"二句：四處仍是皚皚飛雪，我卻看到了春天的訊息。那是因為美玉般的枝頭上，已經綴滿了朵朵晶瑩、潔白的寒梅。

2　"香臉"三句：她們那香噴噴的臉兒，欲開還閉，何等嬌妍多姿。她站立在庭院裏，恰似那冰肌玉骨的美人剛剛出浴，正試着新妝。

3　"造化"二句：也許是大自然故意這麼安排，今夜的圓月分外地玲瓏清朗。
造化：天地創造化育萬物。即指天地。

4　"共賞"三句：那麼我們就一起來觀賞吧，舉金尊，飲美酒，別怕喝醉！因為這梅花啊，不是別的花兒能與之相比的。

綠蟻：酒。謝朓《在郡臥病呈沈尚書》詩："嘉魴聊可薦，綠蟻方獨持。"

清平樂

　　這首詞寫的也是梅花，但再也看不到舉杯盡醉的豪興了。作者從晚風想到梅的零落，從梅的零落想到身世的飄零，滲透詞裏的已是點點清淚。

　　年年雪裏，常插梅花醉[1]。挼盡梅花無好意，贏得滿衣清淚[2]。　　今年海角天涯，蕭蕭兩鬢生華[3]。看取晚來風勢，故應難看梅花[4]。

注釋

1　"年年"二句：過去，有多少個年頭，每到下雪天時，我總愛折一枝梅花插在鬢上，然後舉起酒杯，高高興興喝個醉。

　　按：此二句寫早年歡樂。

2　"挼盡"二句：後來，這種好興致沒有了。一任梅花凋殘落盡，剩下來的，只有滿襟悲傷的淚水。

　　挼：此為縐縮之意。

　　按：此二句寫喪偶後的悲痛。

3　"今年"二句：今年，我更是遠離故土，漂泊到了這海角天涯，連頭髮也開始稀疏斑白了。

　　蕭蕭：此處形容頭髮稀少。

4   **"看取"** 二句：瞧這風勢，到傍晚還會颳得更猛，再想看看
梅花，只怕都難了。

按：以上四句寫暮年漂泊，晚景淒涼。

鷓鴣天

這首詞作者抓住了"情疏跡遠只香留"的特點吟頌桂花,足見體物的細緻入微。

　　暗淡輕黃體性柔,情疏跡遠只香留[1]。何須淺碧輕紅色,自是花中第一流[2]。　梅定妒,菊應羞,畫闌開處冠中秋[3]。騷人可煞無情思,何事當年不見收[4]。

注釋

1　"暗淡"二句:那細碎的淡黃色小花,不顯眼地開放着,多麼閑靜溫柔。她的神情總是那麼淡淡的,彷彿隨時都打算躲到一邊去,只把那沁人心脾的清香留給我們。

2　"何須"二句:何必靠那淡綠輕紅的色彩來耀人眼目呢,自然就被公認是第一流的名花了。

3　"梅定"三句:梅花一定會嫉妒她,菊花也應自愧不如。看她開在那美麗的欄杆邊,雅淡而芬芳。在這中秋佳節,還有什麼花兒能與之相比?
　　按:李賀《金銅仙人辭漢歌》云:"畫欄桂樹懸秋香,三十六宮土花碧",此詞正用其意。

4　　"騷人"二句：可是，那曠古的大詩人屈原，當年也太缺乏
　　　情思了，怎麼竟沒有把她寫進詩章裏呢！

　　　騷人：此處指屈原。屈原所作《離騷》多載草木名稱，而
　　　未提及桂花。陳與義《清平樂‧詠桂》詞：「楚人未識孤妍，
　　　《離騷》遺恨千年。」

添字采桑子

芭蕉

　　北宋末年，金兵南進，染指中原，干戈擾攘。詞人避亂南下，顛沛流離。所携書畫、金石、古器皿亦多散失。這首詞，寫出了流寓江南的淒苦心情。詞人選取了雨打芭蕉這一江南特有的情景，使人更感受到國難家愁的痛切，觸摸到一顆破碎的心。

　　窗前誰種芭蕉樹，陰滿中庭。陰滿中庭，葉葉心心，舒展有餘清[1]。　　傷心枕上三更雨，點滴霖霪。點滴霖霪，愁損北人，不慣起來聽[2]。

注釋

1. "窗前"五句：窗前那一片芭蕉樹是誰種的呢？綠陰陰的遮蔽着庭院，綠陰陰的遮蔽着庭院。一張張闊大的葉子，一個個捲曲的蕉心，舒展着，清幽得令人心頭發顫。
   　　誰種：一作"種得"。**中庭**：庭院中。**舒展有餘清**：一作"舒卷有餘情。"

2. "傷心"五句：半夜裏，淅淅瀝瀝地下起雨來。我倚着枕兒，不由得暗自傷感——連綿不斷的雨，連綿不斷的雨啊！你可把我折磨壞了，我這個從北方逃來的漂泊者，不曾習慣起來傾聽這點點滴滴的聲音！

霖霪：霖、霪，均為久雨之意。《左傳》："凡雨自三日以往為霖，久雨為霪。"此處形容雨淅瀝不停。一作"淒清。"

北人：一作"離人"。

憶秦娥

桐

秋天，詞人登高臨遠。大概又是思念遠遊未歸的親人吧，只覺眼前一片蕭瑟、寂寞。

臨高閣，亂山平野煙光薄。煙光薄，棲鴉歸後，暮天聞角[1]。　斷香殘酒情懷惡，西風催襯梧桐落。梧桐落，又還秋色，又還寂寞[2]。

注釋

1 "臨高"五句：我登上了高高的樓閣，眼前是平蕪一片，亂山重疊，殘霞在暮煙中閃爍着，正在越來越淡薄，傍晚時分，當亂紛紛的烏鴉回巢，只聽到在天空中傳來的嗚嗚的畫角的聲音。

　　角：畫角。古時軍中一種樂器。《北史·齊安德王延宗傳》："周武帝乃駐馬，鳴角收兵。"

　　按：以上從登高臨遠看到的黃昏景色襯托心靈的寂寞。

2 "斷香"五句：銅爐裏的香燒盡了，酒也喝得差不多，心情仍是那樣惡劣。西風吹來，只見戶外梧桐樹的葉子紛紛掉落……又是這惱人的秋天景色，又是這無盡的孤冷寂寞。

　　西風：別本缺此兩字，作"□□"。

125

念奴嬌

這首詞，也有題作"春情"、"春恨"、"春思"的——丈夫遠離、幽閨獨守，好容易盼來個寒食節。女詞人一心打算趁此機會出外郊遊，以打發寂寞無聊的辰光，誰知偏偏又碰上了天氣不好，無法出門……這首詞選取一系列富有表現力的細節，把春閨少婦的隱秘情懷曲折盡致地刻劃出來，體現了作者高超的白描技巧。

蕭條庭院，又斜風細雨，重門須閉 [1]。寵柳嬌花寒食近，種種惱人天氣 [2]。險韻詩成，扶頭酒醒，別是閒滋味。征鴻遇盡，萬千心事難寄 [3]。

樓上幾日春寒，簾垂四面，玉闌干慵倚。被冷香消新夢覺，不許愁人不起 [4]。清露晨流，新桐初引，多少遊春意。日高煙斂，更看今日晴未 [5]。

注釋

1. **"蕭條"三句**：本來就是蕭條冷落的庭院，何況又遇上斜風細雨的時節，那一道一道的門大約更加是關得緊緊的了。

2   **"寵柳"二句**：那得人寵愛的柳枝、愛嬌的桃李花正在到處頂出着寒食節的臨近。可偏偏是這種天氣，讓人煩惱。

    寵柳嬌花：受人們喜愛的楊柳及花卉。寒食：見《浣溪沙》（淡蕩春光寒食天）注 1（110）。

3   **"險韻"五句**：沒奈何，那麼就用頂難押的韻腳去做詩，要不就挑最易醉人的酒喝它幾杯。可是，詩做成了，酒也醒了，到頭來卻依舊是那麼無聊！那北飛的大雁，一行接一行地消失在天際，但我這無窮的心事，它們卻總是捎不去。

    險韻詩：用冷僻生疏的韻腳作詩，取其難成，以消磨時光。扶頭酒：指容易使人喝醉的酒。扶頭指醉後的情態。杜牧《醉題五絕》詩："醉頭扶不起，三丈日還高。"賀鑄《南鄉子》詞："易醉扶頭酒，難逢敵手棋。"

4   **"樓上"五句**：在我居住這小樓上，由於春寒連日不退，四面的簾子都低垂着。我也懶得去憑欄眺望，只管一天到晚賴在牀上。可是錦被冷了，銅爐的香料燒盡了，那新鮮有趣的夢也做完了。縱使心情再不好，也總得起來了啊！

    玉闌干：欄杆的美稱。

5   **"清露"五句**：清晨，晶瑩的露珠從葉脈上滴滴答答地落下來，梧桐樹又抽出了碧綠的新枝。這欣欣生意撩動着人們多少春遊的雅興。好容易盼到日頭升高了，霧氣也漸漸消散。還得再看準一點，到底今日是不是真的天晴了呢？

    清露晨流，新桐初引：出自《世說新語·賞譽》："於時清露晨流，新桐初引。"初引，初長之意。

    楊慎評"被冷香消"等句云："情景兼至，名媛中自是第一。二語絕似六朝。"（《批點本草堂詩餘》卷四）。沈際飛本《草堂詩餘》評云：「真聲也。不效顰於漢魏，不學步於盛唐，應情而發，能通於人。」「寵柳嬌花」，又是易安奇句。後人竊其影，似猶驚目。」《唐宋諸賢絕妙詞選》評云：「前輩嘗稱易安‘綠肥紅瘦’為佳句。余謂此篇‘寵柳嬌花’之句，亦甚奇俊，前此未有能道之者。」《金粟詞話》評：「李易安：‘被冷香消新夢覺，不許愁人不起’……皆用淺俗之語，發清新之思，詞意並工，閨情絕調。」《詩辨坻》評：「李易安《春情》：‘清露晨流，新桐初引’，用《世說》全句渾妙。……結云：‘多少遊春意’‘更看今日晴未’，忽爾開拓，不但不為題束，並不為本意所苦。直如行雲施展自如，人不覺耳。」《論詞隨筆》評云：「用成語，貴渾成脫化，如出諸己。……李易安：‘清露晨流，新桐初引’用《世說新語》，更覺自然。」

永遇樂

元宵

南宋小朝廷偏安江南，臨時京城杭州似乎出現了一片昇平景象。元宵佳節，滿城燈色，照例熱鬧非常。但對於歷盡滄桑，已是"風鬟霜鬢"的女詞人來說，卻再也沒有賞玩的興致了。不過，"中州盛日"，在汴京與女伴賞燈的盛景她卻始終未能忘懷⋯⋯全詞純用鋪叙，將國破家亡的辛酸、老大依人的情懷曲折寫盡。抒情寫景中揉合尋常口語，尤覺真切動人。無怪乎南宋劉辰翁《永遇樂·序》說："余自己亥上元，誦李易安《永遇樂》，為之涕下，今三年矣。每聞此詞，輒不自堪⋯⋯"

落日鎔金，暮雲合璧，人在何處[1]？染柳煙濃，吹梅笛怨，春意知幾許[2]。元宵佳節，融和天氣，次第豈無風雨。來相召，香車寶馬，謝他酒朋詩侶[3]。　中州盛日，閨門多暇，記得偏重三五[4]。鋪翠冠兒，撚金雪柳，簇帶爭濟楚[5]。如今憔悴，風鬟霜鬢，怕見夜間出去。不如向、簾兒底下，聽人笑語[6]。

注釋

1　**"落日" 三句**：璀璨的落日像一團鎔化着的金子，白璧般的圓月出現在靄靄暮雲中。如今我是在什麼地方啊？

2　**"染柳" 三句**：滋潤着楊柳的水霧越來越濃郁了，吹落了朵朵梅花的笛子聽來更加哀怨，不知這如期而至的春意，如今到了幾分？

　　濃：一作 "輕"。**吹梅笛怨**：《樂府詩集》卷二十四有曲名《梅花落》。李白《觀胡人吹笛》詩："十月吳山曉，《梅花》落敬亭。" **幾許**：多少。

3　**"元宵" 六句**：又迎來了元宵佳節，雖說眼下的天氣還算暖和，但又怎能保證就不來一場風雨呢？所以儘管酒朋詩友坐着香噴噴的車子，駕着光燦燦的馬匹，來邀我出去遊玩，我都委婉地推辭了。

　　元宵：元宵節，陰曆正月十五日。**次第**：轉眼。**香車寶馬**：華美的車馬。

4　**"中州" 三句**：記得汴京城還是太平盛世的時候，我們這些閨中女子常得閒暇，都特別看重這個正月十五元宵節。

5　**"鋪翠" 三句**：那時我們啊，戴上裝飾着翠羽的帽子，插着加上金綫的雪柳，滿頭的插戴一個比一個漂亮整齊。

　　鋪翠冠兒：裝飾着翡翠羽毛的帽子，是婦女元宵應時的妝飾品。**撚金雪柳**：加上金綫撚絲所製的雪柳，當比尋常用絹或紙製的雪柳貴重，也是元宵應時飾物。《東京夢華錄》卷五載：正月十六日，"市人賣玉梅、夜蛾、蜂兒、雪柳、菩提葉……" 又《武林舊事》卷二載："元夕節物，婦人皆戴珠翠、鬧蛾、玉梅、雪柳……" **簇帶**：宋時方言，插戴滿頭之意。**濟楚**：宋時方言，整齊、美麗之意。

6　**"如今"五句**：如今已經到了衰老憔悴的年紀，兩鬢都白了，連髮髻也梳不勻貼，而且一到天黑，就害怕出門。倒不如靜靜地站在簾了下面，聽聽街上遊人的歡聲笑語就算了。

風鬟霜鬢：髮髻零亂，兩鬢如霜。**怕見夜間出去**：一作"怕向花間重去"。

《貴耳集》評云："易安居士李氏，趙明誠之妻……南渡以來，常懷京、洛舊事。晚年賦《永遇樂‧元宵》詞云：'落日鎔金，暮雲合璧'，已自工緻。至於'染柳煙濃，吹梅笛怨，春意知幾許'，氣象更好。後疊云：'於今憔悴，風鬟霜鬢，怕見夜間出去'，皆以尋常語度入音律。鍊句精巧則易，平淡入調者難。"又《賭棋山莊詞話》卷三《張鑑擬姜白石傳》論云："……若夫學士微雲，郎中三影。尚書紅杏之篇，處士春草之什。柳屯田曉風殘月，文潔而體清；李易安落日暮雲，慮周而藻密。綜述性靈，敷寫氣象，蓋駸駸乎大雅之林矣。"

長壽樂

南昌生日

這是詞人為某貴婦生辰而作。滿堂貴顯爭相祝頌的情景歷歷如繪。

微寒應候,望日邊。六葉階蓂初秀[1]。愛景欲掛扶桑,漏殘銀箭,杓回搖斗[2]。慶高閎此際,掌上一顆明珠剖[3]。有令容淑質,歸逢佳偶。到如今,畫錦滿堂貴冑[4]。　　榮耀,文步紫禁,一一金章綠綬[5]。更值棠棣連陰,虎符熊軾,夾河分守[6]。況青雲咫尺,朝暮重入承明後[7]。看綠衣爭獻,蘭羞玉酎。祝千齡,借指松椿比壽[8]。

注釋

1　**"微寒"三句**:輕微的寒意應時而至,朝暉斜照着香階,吉祥的蓂草剛剛長了六莢葉片。

　　階蓂:《文選》張衡《東京賦》:"蓂莢為難蒔也。"薛綜注道:"蓂莢,瑞應之草,王者賢聖太平和氣之所生,生於階下。始一日生一莢,至半月生十五莢。十六日落一莢,至晦日而盡。小月則一莢厭而不落。王者以證知月之大小。

堯時夾階生之。"

按：此句指這婦人生於月之初六。用這典故喻其非一般人可比。

2 **"愛景"三句**：溫暖的冬日漸漸從東方升起，更漏已殘，北斗星的斗柄已東回了，預示着溫暖的春天即將來臨。

愛景：冬日之光。愛即冬日。《左傳》有"冬日可愛，夏日可畏。"比喻趙衰和趙盾。梁朝康孟《詠日應趙王教》詩："相歡承愛景，共惜寸陰移。" **扶桑**：指東方。《淮南子·天文訓》："日出于暘谷，浴于咸池，拂于扶桑，是謂晨明。" **銀箭**：古時計時之器，名漏刻，有壺盛水，有箭指時。 **杓回搖斗**：古時稱北斗星第一星至第四星為魁，第五星至第七星為杓。第七星名曰搖光。杓回搖斗指斗柄東回，春天將至。

3 **"慶高"二句**：這麼一個美好的時辰，在這高門華廈內，一顆掌上明珠降生了。

高閎：閎，原指巷門。此處指高門大宅。

4 **"有令"四句**：她生就端莊的顏容，賢淑的品德，更難得的是嫁得一個如意郎君。看吧，今天來祝壽的濟濟一堂，盡是達官顯貴。

晝錦：《漢書·項籍傳》載："羽見秦皆已燒殘，又懷思東歸，曰：'富貴不歸故鄉，如衣錦夜行。'"宋朝韓琦有晝錦堂，言"富貴而歸故鄉"。此處也是富貴還鄉之意。

5 **"榮耀"三句**：多麼榮耀啊！看他們一個個衣紫腰金，出入宮門，都是命官重臣。

紫禁：泛指皇宮。《文選》謝莊《宋孝武宣貴妃誄》："掩綵瑤光，收華紫禁。"李善注云："王者之宮，以象紫微，故謂宮中為紫禁。" **金章綠綬**：此處泛指高官。《漢書·百官

6　　**「更值」三句**：更喜所生二子，兄弟同受福蔭，都是手握兵權，坐鎮一方的郡守大人。

　　棠棣：指兄弟。**虎符**：《漢書・文帝紀》：「三年九月，初與郡守為銅虎符、竹使符。」符分兩半，右留京師。**熊軾**：《後漢書・輿服志》：「公列侯安車，朱班輪，倚鹿較，伏熊軾……」軾乃設在車廂前供人憑倚的橫木。**夾河分守**：《漢書・杜周傳》：「始周為庭史，有一馬。及久任事，列三公，而兩子夾河為郡守……」此句謂此婦人有二子皆為郡守。

7　　**「況青雲」二句**：況且，他們不久將平步青雲，進入宮中，成為皇上的侍從。

　　青雲咫尺：指不久即平步青雲。**朝暮**：猶言早晚，指時間短暫。**承明**：《三輔黃圖》載：「未央宮有承明殿，著述之所也。」此處是指宋代掌內外制之翰林學士、中書舍人一職。

8　　**「看綵衣」四句**：看他們至誠至孝有多感人——爭相向母親奉獻美酒佳餚，齊聲祝頌：祝老人家千歲，就像蒼松古椿那樣長壽！

　　綵衣：此處指為母祝壽。《太平御覽・孝子傳》：「老萊子者，楚人，行年七十，父母俱存。至孝蒸蒸，常著斑斕之衣。為親取飲，上堂腳跌，恐傷父母之心，僵仆為嬰兒啼。」**蘭羞**：美食。梁朝簡文帝蕭綱《九日侍皇太子樂遊苑》詩：「蘭羞薦俎。」**松椿比壽**：《詩・天保》：「如南山之壽，不騫不崩。如松柏之茂，無不爾或承。」《莊子・逍遙遊》：「上古有大椿者，以八千歲為春，八千歲為秋。」故松、椿均為長壽的象徵。

蝶戀花

上巳召親族 [1]

作者晚年寓居江南，但常緬懷故土。此詞借記述上巳日與親族的一次聚會，抒發了濃重的京華之思和遲暮之感。

永夜懨懨歡意少，空夢長安，認取長安道 [2]。為報今年春色好，花光月影宜相照 [3]。隨意杯盤雖草草，酒美梅酸，恰稱人懷抱 [4]。醉莫插花花莫笑，可憐春似人將老 [5]。

注釋

1   上巳：古時陰曆三月上旬的巳日為上巳，是一個節日。

2   **"永夜"三句**：長夜漫漫，身體又不好，實在沒有什麼值得高興的。最多，也不過是做上一個回到汴京的好夢，讓那熱鬧繁華的街巷又重新展現在我的眼前。

    永夜：長夜。**懨懨**：困頓的病態。**長安**：即今西安市，原是漢、唐都城。此處借指北宋汴京。

3   **"為報"二句**：聞得今年的春色分外美好，其中尤以花光月色交相輝映的良宵最為迷人。

4   **"隨意"三句**：臨時張羅起來的這桌筵席雖然十分草率。可

135

酒是美酒，還有應時的酸梅，包管你們稱心如意。

草草：王安石《示長安君》詩云："草草杯盤供笑語，昏昏燈火話平生。"

5　**"醉莫"二句**：喝醉了可別把花兒插在頭上。萬一插上了花兒也請不要見笑——因為美麗的春天將要過去，就像我們也快要老去一樣。

武陵春

　　這首詞作於紹興五年（1135），作者五十一歲。她的丈夫趙明誠已病逝，她為避戰亂居於金華。數年流離輾轉，孑然一身，國難家愁在她的心靈上刻下了道道傷痕。此詞作者用形象的語言訴說了極度愁苦的心情，寫得頗為淒婉動人。

　　風住塵香花已盡，日晚倦梳頭。物是人非事事休，欲語淚先流[1]。　　聞說雙溪春尚好，也擬泛輕舟。只恐雙溪舴艋舟，載不動，許多愁[2]。

注釋

1　"風住"四句：風停了，連塵土也沾染上落花的香氣，看來園子裏的花終於凋落淨盡了。天色漸漸黑下來，我卻再也提不起心情料理晚妝了。因為已經物是人非，一切都完結了，我剛想開口說話，眼淚就忍不住先流了下來！

　　塵香：塵土裏滲雜着落花的香氣。

2　"聞說"五句：聽人說雙溪一帶春色尚好，我也動過念頭到那兒去泛舟遊賞。但只怕雙溪那些小小的船兒，載不動我這許多愁苦啊！

137

雙溪：在浙江金華城南，有兩水滙合，稱為雙溪。**舴艋舟**：小船。

此詞下半闋，極為詞評家所讚譽。《白雨齋詞話》、《雲韶集》皆云："又淒婉，又勁直。"《花草蒙拾》評云："'載不動、許多愁'與'載取暮愁歸去'，'只載一船離恨向西州'正可互觀。"（"載取暮愁歸去"乃張元幹《謁金門》詞句。"只載一船離恨向西州"乃蘇軾《虞美人》詞句。）沈際飛本《草堂詩餘》則謂可分幟詞壇，孰辨雄雌。但也有因其詞意淒婉而貶為"不祥之具"的。如《水東日記》則云："李易安《武陵春》詞：'風住塵香……許多愁。'玩其詞意，其作於序《金石錄》之後歟？抑再適張汝舟之後歟？文叔不幸有此女，德夫不幸有此婦。其語言文字，誠所謂不祥之具，遺譏千古者歟。"又有認為此詞是"感憤時事之作。"（《藝蘅館詞選》）

聲聲慢

此詞也有題作《秋情》、《秋晴》、《秋閨》、《秋詞》的。這是詞人晚年的名篇之一。全詞以工細的筆墨，描寫了一個秋天的黃昏，女詞人深閨獨坐，面對飛雁、秋菊、梧桐、細雨……這些尋常的自然景物所引起的無限憂思，抒發了國破家亡、落拓無依的淒冷孤獨，極為真切感人。全詞選用險韻而不露雕琢痕跡，起句連用十四個疊字，自然貼切、工緻新鮮，尤為詞評家所稱譽。

尋尋覓覓，冷冷清清，悽悽慘慘戚戚。乍暖還寒時候，最難將息[1]。三盃兩盞淡酒，怎敵他、晚來風急[2]。雁過也，正傷心，卻是舊時相識[3]。　　滿地黃花堆積，憔悴損，如今有誰堪摘[4]？守著窗兒，獨自怎生得黑[5]。梧桐更兼細雨，到黃昏，點點滴滴。這次第，怎一箇、愁字了得[6]！

注釋

1　"尋尋"五句：輾轉徘徊尋找着，我好像總想尋覓點什麼。

四周冷冷清清的，令人心裏充滿了淒涼、慘淡和悲戚……何況碰上乍暖還寒的深秋天氣，更加難以睡得安穩了。

乍暖還寒：指天氣變化無常。**最難**：一作"正難"。**將息**：調養休息之意。

2　"三盃"二句：一到傍晚，寒風就陣陣襲上身來，喝下那幾盞淡酒，又怎能抵禦得了啊！

　　晚：一作"曉"。

3　"雁過"三句：正傷心時，有雁兒飛過，原來是過去曾托它捎信的舊時相識，使我更加難過。

　　正：一作"縱"。

4　"滿地"三句：凋殘了的菊花遍地堆積着，如今已是異常憔悴了，還有什麼可以去採摘呢！

　　黃花：菊花。**堪**：一作"怎"。

5　"守著"二句：惟有獨自守着孤窗，但要挨到天黑可不容易啊！

　　怎生：怎樣。

6　"梧桐"五句：窗外的梧桐樹蕭蕭作響，又加上下起了小雨，直到黃昏日暮，還滴滴嗒嗒響個不停。這情景啊！要說"愁"，單這個"愁"字，又如何說得盡此刻的心境呢！

　　次第：情形，光景。

　　此詞開首連用十四個疊字，刻劃了一個陷於孤寂、多愁善感的婦人情態。遣詞造句的奇巧，為歷代評家所激賞。《詞的》評云："連用十四疊字，後又四疊字，情景婉絕，真是絕唱。後人效顰，便覺不妥。"《花草新編》評："易安此詞首起十四疊字，超然筆墨蹊徑之外。豈特閨幃，士林中不多見也。"《詞菁》評云："連下疊字無跡，能手。"《詞苑叢談》評："首句連下十四箇疊字，真如大珠小珠落玉盤也。"《詞律》卷十《聲聲慢》謂："用仄韻。從來此體皆收易安所作，蓋其逋逸之氣，如生龍活虎，非描塑可擬。其用字奇橫而不妨音律，故卓絕千古。"《歷代名媛詩詞》評云："……其《聲聲慢》一闋，張正夫稱為公孫大娘舞劍器手，以其連下十四疊字也。此卻不是難處，因調名《聲聲慢》，而刻意播弄之耳。其佳處，後又下 '點點滴滴' 四字，與前照映有法，不是單單落句。玩其筆力，本自矯拔，詞家少有，庶幾蘇、辛之亞。"《問花樓詞話·疊字》評："宋人中易安居士善用此法。其《聲聲慢》一詞，頓挫淒絕……二闋共十餘箇疊字，而氣機流動，前無古人，後無來者，可為詞家疊字之法。"

點絳脣

閨思

　　這首詞也是思念遠人之作。從寂寞深閨到倚遍欄杆，到望斷歸來路。着筆從近而遠，一結點出主題，兼含悠然不盡之致。

　　寂寞深閨，柔腸一寸愁千縷[1]。惜春春去，幾點催花雨[2]。　倚遍闌干，只是無情緒。人何處？連天芳草，望斷歸來路[3]。

注釋

1　**"寂寞"二句**：獨自守着深閨，是這樣的寂寞無聊。柔腸一寸，纏繞着千縷愁思。

2　**"惜春"二句**：縱然你再珍惜春天，但春天卻照樣離去。幾點疏雨飄過——只怕花也該殘了。

3　**"倚遍"五句**：一天到晚倚着欄杆，卻總是提不起興致。那遠去的人如今在什麼地方？只見芳草萋迷連着天際，哪裏是他歸來的路啊？
　　芳：一作"衰"。

　　《草堂詩餘》評："簡當。"《詞菁》評云："淚盡簡中。"《雲韶集》評云："情詞並勝，神韻悠然。"

減字木蘭花

這首詞用筆平易淺白，有人疑非清照所作，但無實據。全首讀來流暢自然，少婦嬌癡之態躍然紙上。與作者的其他詞相比，確是具有更濃郁的民歌色彩。

賣花擔上，買得一枝春欲放。淚染輕勻，猶帶彤霞曉露痕[1]。　怕郎猜道，奴面不如花面好。雲鬢斜簪，徒要教郎比並看[2]。

注釋

1　"賣花"四句：在賣花郎的擔子上，買來了一枝含苞欲放的春花。淚滴般的水珠灑滿了枝葉，好像紅霞帶着晨露，點染在這花兒上。

染：一作"點"。彤霞：紅霞。

2　"怕郎"四句：生怕郎君猜測説，我的模樣不及這花兒美好，於是乾脆把它斜簪在雲鬢上，只為着讓那冤家比較個夠！

攤破浣溪沙

此詞詠桂花，作者所着眼的是它的風采神韻。

揉破黃金萬點輕，剪成碧玉葉層層。風度精神如彥輔，大鮮明[1]。　　梅蕊重重何俗甚，丁香千結苦麤生[2]。熏透愁人千里夢，卻無情[3]。

注釋

1　**"揉破"四句**：那小巧輕盈的花兒，像揉碎了的千萬點金屑聚在一起；那可愛的綠葉，像碧玉剪裁似地密密層層。它的風度神韻，就像晉朝的樂彥輔那樣，真是太鮮明了！

　　彥輔：晉人樂廣，字彥輔，據《晉書·樂廣傳》載："性沖約，有遠識。寡嗜慾，與物無競。廣與王衍俱宅心事外，名重於時。故天下言風流者，謂王、樂為稱首焉。"

　　按：此句用樂彥輔與桂花相比，以喻桂花清高飄逸。

2　**"梅蕊"二句**：比起它來，那綴滿枝頭的梅蕊顯得太俗氣，那糾纏不清的丁香花也過於粗魯了。

　　梅蕊：此處指未開的梅花。**丁香**：又名雞舌香，一種常綠木名。丁香結指丁香的花蕾。李商隱《代贈》詩："芭蕉不展丁香結，同向春風各自愁。"毛文錫《更漏子》詞："偏怨別，是芳節，庭下丁香千結。"**麤**：同"粗"。

3 **"薰透"** 二句：閨中的思婦即使在追尋遠人的夢境中也能聞到它那醉人的清香，可是外表上，它卻顯得那樣冷淡無情。

按：桂花有異香，而色彩偏於冷淡，二句正是扣緊此種特點而言。

攤破浣溪沙

　　此詞以平淡的語調，描寫了病中的一些生活瑣事，小巧清新。在作者晚年的作品中，這首詞恰如微波中的一彎靜水，表現了一種閒適的心情。

　　病起蕭蕭兩鬢華，臥看殘月上窗紗[1]。豆蔻連梢煎熟水，莫分茶[2]。　　枕上詩書閒處好，門前風景雨來佳。終日向人多醞藉，木犀花[3]。

注釋

1　**"病起"二句**：病了一場，如今總算能起牀了，只是鬢邊又添了好些蕭蕭白髮。既然難以入寐，就不妨靜靜地躺着，看那半規殘月把黃昏的光影抹在紗窗上。

　　兩鬢華：兩鬢花白。

2　**"豆蔻"二句**：把那豆蔻子連梢煎湯——我要吃藥呢，那就用不着去沏茶了。

　　豆蔻：草本植物，供藥用。可治胃中脹悶、消化不良等症。**熟水**：宋人常用的飲料。《事林廣記》有《造熟水法》載："夏月，凡造熟水，先傾百煎袞（滾）湯在瓶器內，然後將所用之物投入。密封瓶口，則香倍矣。" **分茶**：宋代烹茶的一種方法。這裏是説不可飲茶，因傳説茶可解藥性。

3   "枕上"四句：靠在枕上讀讀詩書，因為心中清閒，反能領
     略到其中的妙處。看那門前景物，每到下雨時節便朦朦朧
     朧的另有一番情趣。還有一天到晚送來陣陣清香的，是那
     株靜靜地開着的桂花。

     醞藉：同蘊藉，含蓄有餘之意。**木犀花**：桂花。

瑞鷓鴣

雙銀杏[1]

此詞詠的是銀杏，但作者流落江湖之感慨，"玉骨冰肌未肯枯"之節志，亦寄寓其中，可謂善於借物抒懷。

風韻雍容未甚都，尊前甘橘可為奴[2]。誰憐流落江湖上，玉骨冰肌未肯枯[3]。　誰教並蒂連枝摘，醉後明皇倚太真[4]。居士擘開真有意，要吟風味兩家新[5]。

注釋

1　**銀杏**：即白果，一名鴨腳，落葉喬木。

2　**"風韻"二句**：看筵席上的這一雙銀杏，風韻閒雅雍容，卻不嬌媚落俗，酒杯旁的金橘同它放在一起，倒好像是一羣奴僕了。

　　雍容：儀態大方和雅。**甚都**：都，姣美之意。《史記·司馬相如列傳》："相如從車騎，雍容閒雅甚都。"郭璞曰："都，猶姣也。"**甘橘可為奴**：《三國志》注引《襄陽記》載，李衡欲治家，妻子不聽。後來他暗暗使人在武陵龍陽汛洲上建住宅，種甘橘千株。死前告訴兒子：州裏有千頭木奴。死後，他的兒子把此話告訴其母。母答道：此當是種甘橘也。故蘇軾《贈王子直秀才》詩云：「山中奴婢橘千頭。」此處用此典故，襯托銀杏的雍容高雅。

3　**"誰憐"二句**：有誰憐惜它，像亂離之人那樣流落在江湖之上。但那美玉般的骨骼、白雪般的肌膚，並不因此而枯萎。

　　玉骨冰肌：蘇軾《洞仙歌·序》引孟昶詞：「冰肌玉骨，自清涼無汗。」此處借喻銀杏的清冷脫俗。

4　**"誰教"二句**：是誰把它並蒂連枝地摘下來呢，很自然就使人聯想起唐明皇酒醉之後，倚着楊貴妃那種親密的模樣。

　　醉後明皇倚太真：《開元天寶遺事》卷下：「明皇與貴妃幸華清宮。因宿酒初醒，憑妃子肩同看木芍藥。上親折一枝，與妃子同嗅其艷。」此處用此典故，襯托銀杏的高貴。

5　**"居士"二句**：如今我把它們擘成兩顆，是自有主意的。因為這銀杏的風味同恩愛纏綿根本是兩回事，我必須詠出新意來啊！

　　居士：清照自號"易安居士"。**擘開**：題為"雙銀杏"，此謂擘開成單。蓋作者以為銀杏似流落江湖之佳人，惟有如此，才能吟詠出它的獨有風味。

　　趙萬里輯《漱玉詞》謂"虞、真二部，詩餘絕少通叶。極似七言絕句，與《瑞鷓鴣》詞體不合。"錄之備參。

慶清朝慢

　　此詞詠的是花。所詠何花，作者未有另題，歷來各家均未有注。但詞中言及"獨占殘春"、"待得羣花過後，一番風露曉妝新"，可知這花是春盡才開的。詞的上半闋細描花之嬌艷，下半闋極言舉國上下看花的狂態。

　　禁幄低張，彤闌巧護，就中獨占殘春[1]。容華淡佇，綽約俱見天真。待得羣花過後，一番風露曉妝新[2]。妖嬈艷態，妬風笑月，長殢東君[3]。

　　東城邊，南陌上，正日烘池館，競走香輪[4]。綺筵散日，誰人可繼芳塵[5]。更好明光宮殿。幾枝先近日邊勻[6]。金尊倒，拚了盡燭，不管黃昏[7]。

注釋

1　"禁幄"三句：帷幕重重的張設着，朱欄巧妙地迴護着它。在這春天將盡的時節，就只有這花兒獨自開着。
　　禁幄：密張的帷幕。彤闌：朱紅色的欄杆。彤，一作"雕"。

2　"容華"四句：那清雅素淡的色彩，婉約溫柔的姿態，處處透出天然風韻。待那爭春的羣花開過以後，它才像那美人初試新妝，帶着晨風朝露，燦然而開。

150

容華：容貌。淡竚：疑是淡泞，素淡之意。綽約：柔弱、婉約，又作"淖約"。《莊子·逍遙游》："藐姑射之山，有神人居焉。肌膚若冰雪，淖約若處子。"天真：天然、自然，不假妝飾。南唐馮延巳《憶江南》詞："玉人貪睡墜釵雲，粉消妝薄見天真。"

3　"妖嬈"三句：花兒是如此嬌妍艷冶，它們在和煦的風中互相嫉妒，在晶瑩的月下綻開笑靨，惹得那春之神啊，也為之留連不去。

殢：糾纏，殢留。

按：此花本殘春而開，這句說東君殢留不去，足見作者遣詞造句之妙。

4　"東城"四句：東城旁邊，向南的路上，融融春日正照着池塘館榭。那裏遊客如雲，香車往來不絕，都忙着賞花。

競：一作"竟"。

5　"綺筵"二句：待到這華美的筵宴也散了之後，還能指望誰把花事接下去呢！

芳塵：謝莊《月賦》："綠苔生閣，芳塵凝榭。"此謂落花所化之塵土。

6　"更好"二句：最難得的是，此刻在富麗堂皇的宮殿裏，連皇帝也帶頭坐在花下興致勃勃地欣賞。

明光宮殿：漢朝宮殿名。《三輔黃圖》載："明光宮，武帝太初四年（前104）秋起，在長樂宮後，南與長樂宮相連屬。"此處泛指皇宮。殿，一作"裏"。近：一作"向"。日邊：喻皇帝身邊。

7　"金尊"三句：哪管黃昏已經臨近，大家舉杯痛飲，拚着要樂它個蠟燭燃盡才罷休。

附：缺字及失調名之作

轉調滿庭芳

芳草池塘，綠陰庭院，晚晴寒透窗紗。玉鉤金鏁，管是客來吵。寂寞尊前席上，惟□□、海角天涯。能留否？酴醾落盡，猶賴有□□。

當年，曾勝賞，生香薰袖，活火分茶。□□龍驕馬，流水輕車。不怕風狂雨驟，恰纔稱，煮酒殘花。如今也，不成懷抱，得似舊時那？

失調名

條脫閒揎繫五絲。

失調名

瑞腦煙殘，沉香火冷。

附：存疑之作

怨王孫

　　夢斷漏悄，愁濃酒惱。寶枕生寒，翠屏向曉。門外誰掃殘紅？夜來風。　　玉簫聲斷人何處？春又去，忍把歸期負。此情此恨，此際擬托行雲，問東君。

怨王孫

春暮

　　帝里春晚，重門深院，草綠階前，暮天雁

斷。樓上遠信誰傳？恨綿綿。　　多情自是多沾
惹，難拼捨，又是寒食心。秋千巷陌，人靜皎月
初斜，浸梨花。

生查子

年年玉鏡臺，梅蕊宮妝困。今歲未還家，怕
見江南信。　　酒從別後疏，淚向愁中盡。遙想
楚雲深，人遠天涯近。

醜奴兒

晚來一陣風兼雨，洗盡炎光。理罷笙簧，
卻對菱花淡淡妝。　　絳綃縷薄冰肌瑩，雪膩酥
香。笑語檀郎，今夜紗廚枕簟涼。

點絳脣

蹴罷秋千，起來慵整纖纖手。露濃花瘦，薄汗輕衣透。　見客入來[1]，襪剗金釵溜。和羞走，倚門回首，卻把青梅嗅。

注釋

1　見客入來：一作"見有人來。"

浪淘沙

簾外五更風，吹夢無蹤。畫樓重上與誰同？記得玉釵斜撥火，寶篆成空。　回首紫金峯，雨潤煙濃。一江春浪醉醒中。留得羅襟前日淚，彈與征鴻。

臨江仙

　　庭院深深深幾許？雲窗霧閣春遲。為誰憔悴
損芳姿。夜來清夢好，應是發南枝。　　玉瘦檀
輕無限恨，南樓羌管休吹。濃香吹盡有誰知。暖
風遲日也，別到杏花肥。

殢人嬌

後庭梅花開有感

　　玉瘦香濃，檀深雪散，今年恨探梅又晚。
江樓楚館，雲間水遠。清晝永，憑闌翠簾低捲。
　　坐上客來，尊前酒滿，歌聲共水流雲斷。南
枝可插，更須頻剪。莫待西樓，數聲羌管。

青玉案

征鞍不見邯鄲路，莫便匆匆歸去。秋風蕭條何以度？明窗小酌，暗燈清話，最好留連處。

相逢各自傷遲暮，猶把新詞誦奇句。鹽絮家風人所許。如今憔悴，但餘雙淚，一似黃梅雨。

浣溪沙

髻子傷春慵更梳，晚風庭院落梅初，淡雲來往月疏疏。　玉鴨熏爐閒瑞腦，朱櫻斗帳掩流蘇，遺犀還解辟寒無。

浣溪沙

　　繡面芙蓉一笑開，斜飛寶鴨襯香腮，眼波纔動被人猜。　　一面風情深有韻，半牋嬌恨寄幽懷，月移花影約重來。

浪淘沙

　　素約小腰身，不奈傷春。疏梅影下晚妝新，裊裊婷婷何樣似？一縷輕雲。　　歌巧動朱脣，字字嬌嗔。桃花深徑一通津，悵望瑤臺清夜月，還送歸輪。

鷓鴣天

枝上流鶯和淚聞，新啼痕間舊啼痕。一春魚
鳥無消息，千里關山勞夢魂。　　無一語，對芳
樽，安排腸斷到黃昏。甫能炙得燈兒了，雨打梨
花深閉門。

青玉案

一年春事都來幾？早過了、三之二。綠暗紅
嫣渾可事。綠楊庭院，暖風簾幕，有箇人憔悴。
　　買花載酒長安市，又爭似家山見桃李。不
枉東風吹客淚。相思難表，夢魂無據，惟有歸
來是。

失調名

教我甚情懷。